# 悪役をやめたら義弟に溺愛されました

神楽　棗

JN113524

23618

角川ビーンズ文庫

# Contents

ルディウス・フォン・クラヴリー
レリアの義弟。王宮騎士
レリア・アメール・クラヴリー
公爵令嬢。自分の書いた小説の世界に転生した。前世の名前は鈴彩《れいあ》
悪役をやめたら義弟に溺愛されました
When I quit being a villain, my brother-in-law doted on me.
Characters

**マリエット・ドゥ・セルトン**

伯爵令嬢。施設で育った伯爵家の養女

**シルヴィード・ルネ・ベルナール**

王太子。ルディウスを信頼し護衛を頼むこともある

**クラヴリー公爵**

レリアの義父で、ルディウスの実父

**テネーブル**

暗殺者……？

**クラヴリー公爵夫人**

レリアの実母で、ルディウスの義母

本文イラスト／大庭そと

# プロローグ　絶望だらけの世界

これはとある物語の一節。

誰《だれ》もいないクラヴリー公爵邸《こうしやくてい》に閉じ込められていたヒロインを王太子が救出。

再会した二人はお互《たが》いの無事を確認《かくにん》するように抱《だ》き合うと、王太子はヒロインを庇《かば》うように抱きしめながら地面にへたりこむ男に剣先《けんさき》を向けた。

「ルディウス・フォン・クラヴリー。王太子殺害未遂《みすい》容疑とセルトン伯爵令嬢誘拐《はくしやくれいじようゆうかい》・監禁《かんきん》で処罰《しよばつ》する」

ルディウスは不敵な笑《え》みを浮《う》かべて王太子を見上げた。

「せっかく邪魔《じやま》な奴等《やつら》を排除《はいじよ》して二人きりになれたのに……」

王太子が視線を向けた先には薄暗《うすぐら》い屋敷《やしき》の片隅《かたすみ》に山のように積まれた死体。

そこには使用人達に交ざってルディウスの両親と姉の無残な姿もあった。

「なぜ家族まで殺す必要があったんだ？」

「なぜ？　あいつらは俺にとって害虫でしかないからだ。害虫は駆除《くじよ》するべきだろ」

「ルディウス様……」

憐《あわ》れみと恐怖《きょうふ》が入り混じったヒロインの眼差《まなざ》しに耐《た》えきれなくなったルディウスは自分の首に剣を突《つ》き刺《さ》し自害した。

こうしてルディウスの暴挙は終わりを告げ、ヒロインと王太子は幸せに暮らしましたとさ。

めでたし、めでたし……。

なわけないでしょ‼

ヒロインと王太子はめでたしでいいよ！

でもあの死体の山の一部になった私はちっともめでたくない！

こうなったら原作者の私が人生を懸《か》けて原作改変してやろうじゃないの‼

# 第一章　読めない義弟

私、レリア・アメール・クラヴリーがルディウス・フォン・クラヴリーの義理の姉に転生したと気付いたのは、ルディウスと初めて顔合わせをした七年前だった。義父となるクラヴリー公爵からルディウスを紹介《しょうかい》された時に、この世界は自分が書いた物語の中だということを知った。

記憶《きおく》が戻《もど》ったあの時は焦《あせ》ったよ。だって死の宣告を受けたも同然なのだから。原作者の私がよりにもよってなんでこのキャラ？　と思わずにはいられなかった。しかもこのキャラ、ルディウスの姉という設定だけで名前すら無いキャラ。前世での私の名前は鈴彩《れいあ》。お気づきだろうか……『い』が『リ』に変わっただけである。しかも母音《ぼいん》は残したままに。まるで神様が『名前が無いからこの辺りに入れとく？』と適当に決めたかのようだ。

気を取り直して話を戻そう。この物語は二人の男がヒロインである平民出身の伯爵令嬢、マリエット・ドゥ・セルトンを巡《めぐ》り、争いを繰《く》り広げるベタな恋愛《れんあい》小説だ。

一人は王太子のシルヴィード・ルネ・ベルナール、もう一人は我が義弟《おとうと》のルディウスなのだが……この子、ちょっと病《や》んでるんだよね。

愛を知らないルディウスは正統派王太子のシルヴィードとは違《ちが》い、マリエットを力尽《ちからず》くで手に入れようとして監禁という暴挙に走る。マリエットを自分の物にしたいという欲求から生まれた行動だ。だがルディウスが病んでしまったのには原因がある。

それがルディウスによって惨殺《ざんさつ》されたこのクラヴリー公爵一家だ。

私の母とクラヴリー公爵は幼馴染《おさななじみ》で将来を誓《ちか》い合った恋仲《こいなか》でもあった。しかし現王様の妹との縁談《えんだん》の話が出たことにより破談。公爵は王女と結婚《けっこん》。母はしがない伯爵と結婚することに。

公爵を忘れられない母と伯爵との結婚生活は言うまでもなく破綻《はたん》。さらに好きでもない男との子どもである私を幼い頃《ころ》から躾《しつけ》と称《しょう》して虐待《ぎゃくたい》していた。子どもの頃は何故《なぜ》母が自分を愛してくれないのか分からず戸惑《とまど》ったものだ。記憶が戻って理解したけどね。

一方、クラヴリー公爵の方もプライドの高い王女との結婚生活は破綻。公爵夫人となった元王女はルディウスを王家に仕える者として厳しく躾《しつ》け、あまりの厳しさに心配した執《しつ》事《じ》が父のクラヴリー公爵に報告したのだが公爵は無関心を貫《つらぬ》き通した。その後、お互いのパートナーが早々に急死したこともあり二人は再婚するのだが、公爵とルディウスの実母に育てられたルディウスは私が出会った時にはすでに感情を表に出さない子どもになっていた。

追い打ちをかけるように、愛する男を奪《うば》った女の子どもとして私の母はルディウスを毛《け》嫌《ぎら》いし、ルディウスを見かける度《たび》に一言必ず嫌味《いやみ》を言って去って行く。さらに原作での私は母に褒《ほ》められたくてルディウスをいじめる日々。そんな二人に対しても公爵は無関心を貫き通したことで、心の拠《よ》り所が全く無いルディウスの心は病んでいってしまうことに。

物語とはいえ実際に生活してみると、あまりにも過酷《かこく》な環境《かんきょう》にルディウスに申し訳ない思いでいっぱいになった。

だから記憶が戻った私は決めたのだ。

ルディウスを弟として愛しまくると!!

ルディウスの心が病む原因になったのは愛を知らなかったからだ。だったら私が愛とは何ぞやということを、身をもって教えてあげようじゃないの！

ということでルディウスと出会ってからの七年間、あらゆる方法でデレデレに甘やかそうと遊びに誘《さそ》ったり、街に出かけようと声をかけたりもしてみたのだが……。

鬱陶《うっとう》しがられる毎日。……いや。無表情で反応が薄《うす》いから鬱陶しがっているのかも分からないが。

毎年の誕生日プレゼントもあげているのだが、私は一度も貰《もら》ったことがない。私の愛は伝わっているのだろうか……。このままだと行きつく先は死体の山の一部。

一体どうすればいいものか……。

日課となっているお茶の時間。庭に来ていた私がテーブルに突っ伏《ぷ》していると、後ろから突然《とつぜん》声をかけられた。

「お待たせしました。姉上」

「ルディ」

ルディウスの愛称《あいしょう》を呼びながら上体を起こすと、黒い髪《かみ》に黒い瞳《ひとみ》の無表情なイケメンが立っていた。

うちの子、カッコ良すぎるでしょ！　ラフなシャツが輝《かがや》いて見える！

ヒロインを取り合うならやっぱりイケメンじゃないと！　という作者の意図通り、出会った当初は見惚《みと》れてしまうくらいの美少年だったが、年月を重ね、あどけなさはまだ残るものの青年になった彼は色気が増してそこら中にフェロモンを撒《ま》き散らしている。私は文字で書いていただけなのだが、実物は作者の好みが反映されているといっても過言ではない！

「今日も訓練してきたの？」

垂れそうになる涎《よだれ》を拭《ぬぐ》いながら笑いかけるも、無表情のまま「ええ……」とルディは向かいの席に腰《こし》を掛《か》けた。昔から表情筋はどうしたと言いたいくらい無表情で笑った顔など見たことがない。原作ではヒロインに対して口元を緩《ゆる》めたりするくせに。私だってルディに愛情を持って接しているのに、まだ出会ってもいないヒロインにちょっと嫉妬《しっと》してしまう。まあヒロインにしか興味が無いように書いたのは私なんだけどね。

「精が出るわね。頑張《がんば》るのは良いことよ」

私もルディに愛されようと頑張っているけれど、未《いま》だ確かな成果は出ず。お茶の席に来てくれるようになっただけでも多少の成果は出ているのかもしれないが。それ以外はさっぱり。お茶に付き合ってくれるようになったのも、訓練場にまで毎日押し掛けた結果なんだけどね。きっと煩《わずら》わしくて仕方なくといったところか。

考え事をしながらお茶を一口飲むとルディが口を開いた。

「……明日《あした》、街に行きませんか？」

突然のお誘いに飲んでいたお茶を噴《ふ》き出しそうになり堪《こら》えた。

私が街に誘っても全く付き合ってくれなかった子に何があった⁉

「ど……どうしたの突然？」

驚《おどろ》いた顔を向けると表情筋を動かすことなく返答してきた。

「夜会用の衣装《いしょう》を準備しようかと思いまして」

なるほど。私の一つ下のこの子は現在十六歳。成人したことで夜会に参加できる歳《とし》になった。

「それならお姉ちゃんが成人祝いに買ってあげるよ」

姉面《あねづら》のドヤ顔でお茶を飲むもルディは小さく首を振《ふ》った。

「いえ……。王太子殿下《でんか》から臨時収入を得たのでそのお金で買おうと思います」

「ブホッ！　ゴホッゴホッ……」

今度はお茶を飲み込めずに咽《む》せた。

「……姉上……」

さすがの無表情も眉間《みけん》に皺《しわ》を寄せた。

原作を知っていれば驚かずにはいられない！　だって……。

「王太子殿下と知り合いなの!?」

原作で王太子・シルヴィードと知り合うのはヒロイン・マリエットと出会ってからのはずなのに、なんでもう知り合ってんのよ！

「王宮にいるとよく絡《から》まれます」

なにそのヤンキーによく絡まれますみたいな文言は。

「護衛など近衛《このえ》兵に頼《たの》めばいいのに、何故か騎《き》士《し》団にまで来て俺を指名してくるので困っています」

そうか。よく考えたらこの子が王宮で騎士をしていること自体が原作から外れているのか。

原作でのルディウスは実母の影響《えいきょう》で王家に仕えることを嫌悪《けんお》し、令息として日がな一日過ごしているだけだった。それなのに今は騎士として立派に王宮で勤めている。

まさか私の愛が伝わったとか!?　ルディを見ると無表情のままお茶を飲んでいる。私といても全く楽しそうな顔をしないルディに確信した。うん、違うな。

それにしてもこの子が騎士か……。感慨《かんがい》深くなり、立ち上がり頭を撫《な》でると訝《いぶか》しそうに見上げられた。

「姉上。子ども扱《あつか》いは止《や》めてください」

「立派に育って嬉《うれ》しいな〜と思って」

ルディは小さく溜息《ためいき》を吐《つ》くと腕《うで》を摑《つか》んできた。

「成人女性が成人男性にするような行為《こうい》ではありませんよ」

ルディは私の腕を摑んだまま立ち上がると、端整《たんせい》な顔を近付けてきた。

「姉からの愛情表現に大袈裟《おおげさ》ね」

「あなたは姉ではありませんから」

淡々《たんたん》と答えるルディにショックを受けた。

分かっていた。

ヒロインにしか興味の無いこの子は私を家族だとは思っていない。この子に愛を与《あた》えられるのはやはりヒロインしかいないのかもしれない。そうなると私の行く末は……。

グエッ！

思わず苦々しい顔で首を押さえてしまった。

「どうされたのですか？」

突《つ》っ立ったまま百面相をしている私にルディは首を傾《かし》げた。

「ちょっと未来を視《み》てきただけ……」

冷静になるため席に座りお茶を飲んだ。

大丈夫《だいじょうぶ》。まだ策はある。

最初の頃はルディに愛情を持って接すれば殺されるのは回避《かいひ》できるかもと考えていた。しかし七年経《た》ってもルディの心境の変化は見られず、もしかしたらもうヒロイン以外で心を動かされない子になってしまっているのかもしれないと考えた私は、新たな打開策を考えていた。

それは私が王太子・シルヴィードとお友達になるという作戦だ。

彼と仲良くなっておけば、最悪私だけでも守ってもらえるかもという愛の欠片《かけら》も無い作戦だ。

所詮《しょせん》世の中で一番大切なのは自分の身よ。

それに私はこの世界の原作者。王太子の性格も好みも接触《せっしょく》タイミングも把握《はあく》済み。あとはじわりじわりと攻《せ》めていけば……。

「ふっふっふっ……」

「悪い声が漏《も》れていますよ」

危ない危ない。本音がダダ洩《も》れるところだった。まあこの子が暴挙に走らないのが一番いいんだけどね。

チラリと貴族らしく優雅《ゆうが》にお茶を飲むルディを窺《うかが》った。

もしも暴挙に走った時用にルディを撃退《げきたい》するための準備はしている。常に持ち歩いているバッグの中にはこの七年で作製した防犯グッズが多数。でもこれでどこまで対抗《たいこう》できるか。しかもこの子、騎士になったから戦闘《せんとう》力が格段にアップしているし……本当に大丈夫かな？

「それで……」

ルディがカチャリとカップをソーサーに置いた。

「明日は付き合ってくださるのですか？」

うだうだ考えていてもなるようにしかならないし、今はまだもう少しこの可愛《かわい》い義弟《おとうと》を見守ってあげよう。

「もちろんよ！　私が最高の紳士《しんし》に仕立ててあげるわ！」

胸を張りながら自信満々にドンッと胸を叩《たた》いた。

「姉上の美的感覚はあまり信用していませんので付き添《そ》いだけで結構です」

前言撤回《てっかい》!!

ホント！　可愛くない義弟だな!!

翌日。高級衣装店に入ると令嬢《れいじょう》達が声を潜《ひそ》めて色めき立っていた。

「ルディウス様よ」

「今日も素敵《すてき》ね」

ふっふっふっ……。うちの子、カッコいいでしょ。

ドヤ顔で聞き耳を立てていると上品そうなマダムがルディに声をかけてきた。

「これはこれは。クラヴリー公爵《こうしゃく》家の御《ご》子息様ではありませんか。本日はどのようなご用件でしょうか？」

「姉上の夜会用の衣装を買いたい」

「かしこまりました。ではこちらへどうぞ」

ルディとマダムの会話に目が点になり、前を歩いているルディの袖《そで》を引っ張った。

「今日はルディの衣装を買うんじゃなかったの？」

「姉上の衣装が決まらないと合わせられませんから」

「え⁉ 私と衣装をお揃《そろ》いにするの⁉ あらぬ誤解を招かないかな？」

「俺とお揃いは嫌《いや》ですか？」

仲良し姉弟《きょうだい》に見えるのは悪いことではないけど、お互《たが》いの結婚《けっこん》が遠退《とおの》くことは間違《まちが》いない。ただ私も今は結婚とか言っている場合ではないし、ルディもマリエットと出会ったらどうなるか分からないから、これでルディの心が少しでも開いてくれるなら。

「ルディが嫌じゃなければ私は嬉しいよ」

それにカッコいい弟とお揃いは悪くない。

「では試着してみましょう」

この後、試着室に案内された私は後悔《こうかい》することになる。

何着か試着をするもルディは納得《なっとく》がいかないのか眉間にわずかな皺を寄せた。

「姉上は体の線が綺麗《きれい》なので、もっと大人っぽいドレスの方が似合うと思うのですが」

「ですがそれですと新しく作り直す必要がありますが……」

「いくらかかっても構いませんので、姉上に似合う最高のドレスを仕立ててください」

「かしこまりました!!」

……おいおいおい。ちょっと待っておくれよ、お兄さん。

ただの姉のドレスにそこまでこだわるのかい?

ルディにフルオーダーメイドの注文を頼まれたマダムは、早速《さっそく》スケッチブックを取り出すとドレスの絵を描《か》き始めた。

「こちらなど如何《いかが》でしょうか?」

差し出された絵はスレンダーラインのデザイン。この短時間で描き上げるとはさすがプロ。感心する私を余所《よそ》に、ルディは見せられたデザインに対しても納得できないのか、マダムの持っていた鉛筆《えんぴつ》を受け取った。

「これでは華《はな》やかさが足りません。もっと足元まで綺麗に見えるように……」

そう言うとルディはマダムのデザイン画の上から線を描き足し始めた。この子、絵まで描けるの？　スペック高すぎない？

などと感心している内に絵が完成したのだが、その絵を見て青ざめた。これって所謂《いわゆる》マーメイドラインとか言うやつじゃないですか？　海外のセレブスター達がよく着ているのをニュースとかで見たことはあるが……え？　私が着るの？

「ではレースはこの辺りに入れた方がより華やかになりそうですね」

ルディのデザイン画に触発《しょくはつ》されたのか、マダムもヒートアップしてきた。

「そうですね。あと胸元に黒色の装飾《そうしょく》を入れるように……」

……それ、私のドレスですよね？

本人の意見を全く聞くことなく話を進めていくルディとマダムに、ただただ立ち尽《つ》くして眺《なが》めていることしかできなかった。

ルディとマダムのやり取りに疲《つか》れた私は、一足先に店を出て馬車へと向かった。

ルディは原作の中でも唯一《ゆいいつ》王太子・シルヴィードに対抗できる人間であることから、美的センスも完璧《かんぺき》な男だというのは分かる。だけど私のドレスだよ？　姉としてしか登場しない原作では名前すらない人間のドレスにそこまでこだわるか？　だが一切妥協《いっさいだきょう》しないのがこのルディウスという男だ。

妥協するなら暴挙に走ることもなかっただろうし……。

「……して!!」

フラフラになりながら馬車に乗り込もうとすると、路地裏から誰《だれ》かの叫《さけ》び声が聞こえてきた。声のする方に向かうと男女の揉《も》めている会話が耳に入ってきた。

「暴れるな！　黙《だま》ってついてこい！」

「いや!!　誰か……！」

こっそり顔を覗《のぞ》かせると数人の屈強《くっきょう》な男達に囲まれ、奥へと引きずり込まれていく女性がいるではないか！

女性は必死に抵抗《ていこう》するも口を布で塞《ふさ》がれそのまま担《かつ》ぎ上げられた。

これは人攫《ひとさら》い!?

私は咄嗟《とっさ》に持っていたバッグを、女性を担ぎ上げた男目がけて投げつけた。

「その手を離《はな》しなさい！　この人攫いが！」

男はバッグが命中した頭をさすりながら振《ふ》り返った。

「なんだてめえは？」

仲間と思われる男達も私の方に体を向けた。

「見られたからにはこいつも連れて行くぞ」

女性を担いでいる男が指示を出すと、周囲にいた男達は私を捕《と》らえようとじりじりとにじり寄ってきた。

バカな奴《やつ》らめ。ルディの暴挙を止めるため七年の時を費《つい》やした防犯グッズの威力《いりょく》を味わうがいい!!

防犯グッズを取り出そうとして青ざめた。

バッグ投げちゃったよ!!

防犯グッズは女性を担いでいる男の足元に無残に散らばっている。慌《あわ》てる私を見た男達はニヤニヤ嫌な笑《え》みを浮《う》かべながら近付いてきた。

こうなったら最後の手段!

「だれか――――!! 助けて――――!!」

最大級の叫び声を上げる私に慌てた男達の手が伸《の》びてくるも、風を切る音がして男達は咄嗟に手を引いた。

「汚《きたな》い手で触《さわ》るな」

私を背に庇《かば》い男達に剣《けん》を向ける人物に目を見開いた。

「お怪我《けが》はありませんか。姉上」

「あ……うん……」

まさか助けにきてくれたの?

ルディの威圧《いあつ》に男達は一瞬怯《いっしゅんひる》むも、数の上で優勢と判断したのか刃物《はもの》を取り出すと一斉《いっせい》に襲《おそ》い掛《か》かってきた。

「ルディ！　危ない!!」

叫ぶ私を尻目《しりめ》にルディが剣を振るうと、一瞬で男達は地面に伸された。

え？　なにこれ？　チート系ファンタジーの世界ですか？　目で追えないくらいのルディの速い剣捌《けんさば》きに困惑《こんわく》した。ジャンルは異世界恋愛《れんあい》だと思っていたのは私だけでしょうか？　ジャンルが違うなら技名を考えないと。『疾風迅雷《しっぷうじんらい》』ってのはどうだろうか。などと的外れなことを考えている間に、ルディは女性を担いでいた男も気絶させていた。

果たしてこの子が暴走した時、私は逃《に》げ切ることができるのだろうか……。やはり王太子とお友達になろう作戦を決行した方が良さそうな気がする。

「あ……あの……ありがとうございました」

ルディに抱《だ》き留められた女性は地に足を着けるとルディにお礼を言った。

「礼は姉上に言ってください。姉上を助けるついでに助けただけですから」

驚《おどろ》きで顎《あご》が外れそうなくらい口が開いた。

「なんですか、その顔は……」

ルディが無表情のまま私の方に振り返った。

だってこの子が私を優先的に助けるなんて夢にも思ってなかったから。明日《あした》は槍《やり》でも降るのだろうか……。

「あの……ありがとうございます」

女性は私の前に歩み出ると、花が咲《さ》いたような可愛《かわい》い笑顔でお礼を言ってくれた。緑の瞳《ひとみ》に金髪《きんぱつ》のその女性はまるで天使のような可愛らしさだ。意地悪そうな吊《つ》り上がった青《あお》紫《むらさき》の目に、毒々しい紫の髪《かみ》の私とは大違《おおちが》い。

あまりの可愛らしさに見入っていると女性の頬《ほお》に小さな切り傷を発見した。

美少女の顔に傷を作るとは！　許すまじ!!

寝転《ねころ》がっている男に殺気を浴びせていると、ルディが女性にハンカチを差し出した。

「少し血が出ているので、良かったらどうぞ」

再び顎が外れそうなくらい口を開いた。

この子、こんなに紳士《しんし》的だったっけ??

「汚《よご》してしまうといけないので……」

「構いません。差し上げます」

なになにこの二人……ちょっと良い雰囲気《ふんいき》じゃないの!!

小説のネタになりそうなくらいお似合いの二人に、この二人を主役にした物語でも書いて出版しようか検討し始めた。

……逃走《とうそう》資金を貯《た》めるために。

結局女性はルディからハンカチを受け取ると何度もお礼を言って帰って行った。

「それにしても可愛い子だったね」

帰りの馬車の中で先程《さきほど》の女性の姿を思い出していた。

私もどうせ転生するならモブでいいから彼女になりたかった。むしろ彼女の方がいい。殺される悩《なや》みを抱《かか》えなくてすむから。

「そうですか？」

素っ気ない返事のルディにニヤニヤと笑みを浮かべた。

「そんなこと言って。お似合いでしたよ、お二人さん」

「彼女は俺の好みではありません」

「え？　好みの女性なんているの？」

「俺をなんだと思っているのですか」

マリエットとはまだ出会ってないよね？　マリエット以外に興味のある女性がいるってこと？

難しい顔で考え込んでいるとルディが小さく溜息《ためいき》を吐《つ》いた。

「……姉上は本当に鈍《にぶ》いですね」

はあ!?　原作者の私に鈍いとか言っちゃう!?

私の愛に気付かないルディの方がよっぽど鈍いわ!!

夜会当日。ルディプロデュースのお揃《そろ》いの綺麗《きれい》なドレスを身に着け髪を結った私は、ルディのエスコートで馬車に乗り込んだ。目の前に座る、いつもと変わらず無表情な義弟《おとうと》をチラリと盗《ぬす》み見た。ルディに喜んでもらいたくてお揃いにしたが……完全に私、着こなしているルディと並んだら浮いてないか⁉　マーメイドドレスだし……。しかもこの子、自分がオーダーメイドまでして買ってくれたのに何の反応もない！「綺麗です」「似合ってます」くらい言いなさいよ！　不安になるでしょうが！

と心の中で不満を叫《さけ》んでいるとルディが、衝撃《しょうげき》的な言葉を呟《つぶや》いた。

「今日は王太子殿下《でんか》十八歳のご生誕祭の夜会ですが……」

「王太子って今年十七歳じゃないの⁉」

「敬称《けいしょう》が抜《ぬ》けていますよ。殿下は俺より二つ年上ですから今年十八歳になります」

なんてこった‼　王太子・シルヴィードは自分と同じ歳《とし》だとばかり思っていたから、まだ一年があると油断していたではないか！

こんなに慌てているのには理由がある。

それは王太子十八歳の生誕パーティー会場が物語のスタートになるからだ。誰《だれ》だよそんな年齢《ねんれい》設定にした奴は！　私だよ‼

えっと確かルディウスとヒロインの出会いは中庭で、令嬢《れいじょう》達にいじめられたヒロインの泣いている姿にルディウスが高揚《こうよう》するんだっけ。自分で書いていてなんだけど……サディストだな。ところでヒロインはなんでいじめられたんだっけ……？

そうそう。王太子がファーストダンスに誘《さそ》ったんだった。それで嫉妬《しっと》した令嬢達の標的になったんだよね。王太子も考えてあげないと。いくら街で人攫いから助けてあげた子が気に入ったからってファーストダンスに誘うとか……うん？

「しまった!!」

ゴンッ！

「姉上。馬車で立ち上がるのは危険ですよ」

打った頭を押さえつつ、頭を抱えた。

そうだ。王太子とヒロインの出会いって街でヒロインが連れ去られようとしているところを、お忍《しの》びで来ていた王太子が助けるって設定だった。

私は数日前に人攫《ひとさら》いに連れていかれそうになっていた可愛い女性を思い出した。

あれか!!　全然モブじゃなかった！　どうりで私好みの女の子だと思ったわ！

両手に拳《こぶし》を作り、太ももの上で震《ふる》わせた。

「姉上？」

俯《うつむ》きながら拳を震わせる私の挙動に不安を感じたのか、ルディが顔を覗《のぞ》きこんできた。

そういえばルディはあの女性は好みじゃないって言ってたよね。

「ルディ。この前街で助けた女性を見てこう……ときめいたりしなかったの？」

「？　ええ……全く……」

おかしい。監禁《かんきん》する場所欲しさに私達を惨殺《ざんさつ》して、その屋敷《やしき》でヒロインを誘拐《ゆうかい》・監禁するくらい執着《しゅうちゃく》していたのに……。

ヒロインを見ても反応なし？

えっと確かルディウスはヒロインの泣き顔を見て……。

泣いてないからか!!

そうだ。原作ではルディウスがヒロインと出会った時、ヒロインは泣いていた。涙《なみだ》を流す姿に興奮したんだった！　私がマリエットを泣かせてみる？　いやいや。それで好きにでもなったらまずいでしょ。むしろこれで良かったんじゃない？　このままルディがマリエットに興味を示さなければ、少なくとも監禁場所確保のために殺されることはなくなるってことだ。あとは物語が内容通りに進むかどうかを見守れば。とりあえず……。

「ルディ……」

「はい？」

「泣いている女性を見ても興奮しちゃダメだからね」

私の言葉にさすがのルディも眉間《みけん》に皺《しわ》を寄せた。

「……俺にそんな趣味《しゅみ》はありませんよ」

どの口が言う。

王宮に着き馬車から下りると、エスコートをしてくれているルディの横顔をチラリと窺《うかが》った。

この斜《なな》め下からのアングルが絶妙《ぜつみょう》なんだよね。

ルディが私の背を越《こ》した時に発見した、私一押しの絶景スポットだ。設定をイケメンにしておいて良かった。

「姉上。顔が崩《くず》れていますよ」

どうやらにやけ顔になってしまっていたらしく、顔を引き締《し》め直し会場へと向かった。

さすが王太子の生誕祭。

集まっている顔ぶれは要人ばかり。

「姉上。次ですよ」

ルディに囁《ささや》かれ前を見ると王太子殿下に挨拶《あいさつ》している公爵《こうしゃく》と母の姿が。いくつかある公爵家の中でも我が家が挨拶の先頭を切るのには理由があった。

それはルディがいるからだ。

関係的には殿下とルディは従兄弟《いとこ》にあたり、殿下に兄弟がいないためルディが王位継承《けいしょう》権第二位となる。その一位、二位で一人の女性を取り合うとか……ある意味似た者同士なのかもしれない。まあそういう設定にしたのは私だけど。

順番が回ってきて殿下に挨拶をすると顔を上げるよう促《うなが》された。

おぉ!!

銀髪《ぎんぱつ》に黒を帯びたようなグレーの髪色《かみ》。ルディと同じ黒い瞳《ひとみ》だが、とても優《やさ》しそうな目。表情も穏《おだ》やかで……その甘いマスクでヒロインを落としちゃうのですね!

想像以上のイケメンに思わず頰《ほお》が緩《ゆる》みそうになりそのまま笑顔《えがお》を作った。去年は両親の後ろで頭を下げたままだったからこんなに真正面から拝むのは初めてだ。

「あなたがルディウスの姉上か。去年は公爵の背に隠れて顔がよく見えなかったが、噂《うわさ》通り美しい方だ」

えっ!? 噂ってルディが言ったの?

ルディが私を綺麗だとか言っている姿が想像できなくて、隣《となり》に立つルディの顔色を窺うと微妙《びみょう》な皺が眉間に寄っていた。それだけで察したさ。殿下のリップサービスってことを。

「王太子殿下は女性を褒《ほ》めるのがお上手ですね。今日、この会場に集まられた女性達の中には、私などよりも殿下の目を引く方が沢山《たくさん》いらっしゃるでしょうに……」

リップサービスを真に受けるほどお子ちゃまではありませんから。それにしてもルディといい、王太子といい、イケメン設定万歳《ばんざい》だな。この二人に自分が取り合いをされる姿を想像すると……にやけちゃうかも。

ダンスの時間になり手を差し出された。

「俺と踊《おど》って頂けますか」

ついにこの時間がやってきてしまった。エスコートを受けた男性と最初に踊るのがこの世界でのマナーとなっている。つまり私はルディと踊らなければならないのだが……。

「私……すごく下手だよ」

そう。公爵令嬢になってからダンスの練習が本格的に始まったのだが、下手くそ過ぎて先生が匙《さじ》を投げてしまうレベルなのだ。一緒《いっしょ》にダンスの練習をしていたルディが一番よく分かっていると思うのだが……。

「知っています」

そんなことは百も承知だと言わんばかりに即答《そくとう》された。

足踏《ふ》んでも恨《うら》まないでよ。


優雅《ゆうが》な音楽が流れ、ダンスが始まると体が自然に動き出した。

この私が……踊れてる⁉

困惑《こんわく》しているとルディに話しかけられた。

「何年姉上に付き合わされたと思っているのですか。姉上の独特な癖《くせ》に合わせた踊り方くらい身に付けていますよ」

さすが妥協《だきょう》しない男！　こんなところまで妥協しないとは！

「それ、大変じゃなかった？」

「ええ。おかげで姉上以外の方と踊るのが難しくなりました」

え？　恨み言？

「なので姉上も俺以外の男と踊るのは控《ひか》えた方がいいですよ」

「私を踊りに誘う男なんていると思う？」

「姉上はもう少し自覚した方がいいですよ……」

ん？　それはどういう意味ですか？

ダンスは無事に終わり、ルディのおかげで恥《はじ》をかかずに済んでホッとしていると、拍手《はくしゅ》をしながら私達に近付いてくる人物がいた。

「とても素敵《すてき》でしたよ。是非《ぜひ》、私とも踊って頂けませんか？」

誘《さそ》ってくる男がここにいたよ！

微笑《ほほえ》みながら手を差し伸《の》べてくる王太子殿下《でんか》に、思わず令嬢《れいじょう》らしからぬ驚愕《きょうがく》の表情を浮《う》かべそうになり耐《た》えた。

「ルディの先導が上手《うま》いだけですから」

間違《まちが》いなく！

ほほほ……と笑いながらルディに助けを求め、視線を送ると無表情でこちらを見ていた。

無視を決め込まないで助けてよ！

首を小刻みに振《ふ》り無理だとジェスチャーで伝えると、ルディは殿下と向き合った。

「殿下が姉上と踊るのは無理だと思います」

言い方！　人付き合い下手か！　どちらに対しても失礼だから！

「嫉妬《しっと》しているのか？」

殿下の揶揄《からか》いにルディから不機嫌《ふきげん》オーラが放たれた。長年ルディを観察してきた私にしか分からない程度だが顔が引きつっている。殿下に勘違《かんちが》いされたのが不快なのよね！　お姉ちゃんは分かっているから！　君が嫉妬していないということを！

「殿下！　踊りましょう！」

これ以上ルディを刺激《しげき》したら怒《おこ》らせるかもしれないと判断した私は、殿下と避難《ひなん》することにしたのだが……果たしてこの判断が吉《きち》と出るか凶《きょう》と出るか……。

ダンスが始まって早々に、殿下を誘ったことを後悔《こうかい》した。

「痛！」

「申し訳ありません!!」

「大丈夫《だいじょうぶ》。羽のように軽いから」

じゃあさっきの「痛！」はなんだったんだ。

「それにしてもルディウスは凄《すご》いな。外から見ているだけだと全然分からなかったよ」

義弟《おとうと》が褒められて嬉《うれ》しいが、私は完全に下手くそ扱《あつか》いですね。

「ルディウスに指南してもらおうかな。痛！」

「申し訳ありません!!」

集中しているのにあなたが変なことを言い出すから！

「ルディが言うには、私の癖が強いので他《ほか》の令嬢とは踊れなくなるそうですよ」

王太子が一人の女性以外と踊れなくなるとか問題だし。

「それはとても興味深いな。痛！」

興味を持つんじゃない！　一から十まで説明しないと理解できないような子に書いた覚えはありませんよ！

「ご冗談《じょうだん》を。殿下が私以外の女性と踊れなくなったら妃《きさき》になられる方が大変ですわ」

「痛！」

集中してるんだからこれ以上余計な話をしないで！

「私はレリア嬢を王太子妃《ひ》にと考えているのだが？」

王太子妃って……私が王太子妃!?

「痛い!!」

「申し訳ありません！」

っていうか今のはあなたのせいですよね？　王太子妃って言えば政務をこなしたり、貴族のマダム達と親密になるためのお茶会を開いたり、他国の要人達を接待したりするんでしょ？　めっちゃめんど……力不足で務まらないわ。

「殿下には私などより相応《ふさわ》しい女性がいらっしゃいますわ」

ちょうどダンスが終わり挨拶をしながら、今日が原作の始まりなら絶対に参加しているであろうマリエットを探した。

するとと会場の隅《すみ》の方に不慣れな様子で、辺りを見回しているマリエットを見つけた。

「あちらの女性など如何《いかが》ですか？」

「ああ……人攫《ひとさら》いに攫われそうになっていた女性だね」

……え!?

口をあんぐり開けて驚《おどろ》いていると殿下が可笑《おか》しそうに笑った。

「なんでも顔に出して、とても素直《すなお》なんだね。なぜ知っているのか気になるなら、一人で中庭においで。待っているよ」

殿下が去って行くのと入れ替《か》わりにルディが現れた。

「ずいぶん足を踏んでいたようですが、殿下と何を話されていたのですか？」

「足踏んでるの分かっちゃった？」

「ええ。殿下の顔が歪《ゆが》む回数まで数えていましたから」

それって周りの人達も見てたってことだよね……。

そろりと振り返ると一斉《いっせい》に視線を逸《そ》らされた。主に男性陣《じん》に……。絶対こいつとは踊りたくないって思われてるんだろうな。

「あの。ルディウス様ですよね？」

女性の声がして前に向き直るとそこに立っていたのはまさかのヒロイン・マリエット。さすがは清純派ヒロイン。ピンクのプリンセスラインのドレスが可愛《かわい》さをさらに増強させている。この可愛さなら、イケメン二人が奪《うば》い合いたくなる気持ちも分かる！

それにしてもマリエットがなんで殿下じゃなくてルディに話しかけるの？

「ここでお会いできるとは思っていなかったので、今日はお借りしたハンカチを持って来ていなくて……後日お会いするお時間を頂けませんか？」

頬《ほお》を微《かす》かに赤らめながらマリエットは可愛く微笑んだ。

貴族の間では先に名前を名乗るのが礼儀《れいぎ》だが、マリエットは挨拶《あいさつ》もせずに夢中でルディに話しかけている。最低限のマナーくらいは養父のセルトン伯爵《はくしゃく》から教わっているだろうけど……慣れない会場で知り合いに会えた嬉しさから忘れたのかな？

そんなマリエットにもルディは動じる様子もなく、無表情のまま向き合った。

「姉上から新しいハンカチを貰《もら》う予定なので、あれは差し上げます」

ん？　そんな約束いつしした？

考え事をしていると突然《とつぜん》二人の会話に私が引っ張りだされた。驚いてルディの顔を見上げるも、無表情のまま前を向いているルディからは何も読み取れない。

「でも、お礼もしたいですし今度お会いできませんか？」

「礼は俺じゃなくて姉上にしてください。以前も話しましたが姉上を助けるついでに助けただけですから」

「でも、ルディウス様がいなかったら……」

なんだかルディの空気がピリついているような気がする。

でも……チラリとマリエットを窺《うかが》うと全く引く気はない様子。

このままだとイライラしたルディが怒り出さないかな……。

「あの……」

堪《た》え兼《か》ねた私が口を挟《はさ》むと二人の視線が私に集まった。

なんか二人とも怖《こわ》いです……。

「ちょうど音楽も流れ始めましたし、お二人で踊《おど》ってきては如何でしょう？　何か話があるようですし、踊りながらの方が楽しく会話できそうじゃないですか？」

おずおずと提案するとルディが大きな溜息《ためいき》を吐《つ》いた。

これ！　不機嫌爆発《ふきげんばくはつ》の時に出る仕草！

幼少の頃《ころ》、楽しいことをすれば心を開いてくれるかもと思ってしつこく街に誘っていたら、この溜息を吐いた後ルディが私を振り払《はら》おうとしたんだよね。ちょうど階段にいたから誤って落ちちゃって。低い位置だったから尻餅《しりもち》をついただけで済んだのに、それを見た母がルディが私を階段から突《つ》き落としたなんて騒《さわ》ぎだすから大変だった。無表情でお仕置き部屋に連れて行かれるルディを救うため、しつこく付き纏《まと》った自分が悪かったって公爵にしがみついて必死にお願いした覚えがある。あれ以来、一線は越《こ》えないように気を付けていたからあの溜息を聞くことはなかったんだけど……。

ハラハラとルディの顔色を窺うも相変わらず何を考えているのか分からない無表情。

原作とは違い今はチート能力を持つルディ。まさかここで一瞬《いっしゅん》にして三枚に下ろされるとかないよね⁉

ルディはダラダラと嫌《いや》な汗《あせ》を流している私から視線を逸らし、マリエットに手を差し出した。

「よろしかったら一曲如何ですか？」

よ……良かった。今回はセーフだったみたい……私の体、無事だよね？

不安になり自分の体を確認《かくにん》するもどこにも異状なし。

うん。大丈夫……っていうかいつまでこんなにびくびくしなきゃいけないの？　心の中で泣いた。

そういえば何か忘れているような……殿下《でんか》！

今日の主役である王太子殿下をいつまでも中庭に放置するわけにもいかず、二人が踊っている間にこっそりと会場を後にした。

それにしても、ルディは他の女性と踊れなくなるって言っていたけど……普通《ふつう》に踊れてたよね？

ドレスの裾を持ち上げ、息を切らしながら私が中庭に到着《とうちゃく》すると、ベンチに座っている殿下が可笑しそうに笑った。

「そんなに急いで来てくれるなんて嬉しいよ」

「早く会場に戻《もど》って頂きたくて急いだだけです」

「つれないな」

そう言いながらも殿下は楽しそうに笑い、隣《となり》の席を軽く叩《たた》いた。

長居するつもりはないですけど。

なかなか座ろうとしない私に対し殿下は笑顔《えがお》のまま隣の席を叩き続けた。

座らないと話をしないということですか……。こんな強引《ごういん》なキャラだったっけ？

心の中で溜息を吐きつつベンチに腰掛《こしか》けた。

「それで何の話だったかな？」

「人攫いの現場にいらっしゃったことです」

あそこにいたということはヒロイン・マリエットのことも見ているはず。マリエットに対して何か感じなかったのかな？

「ああ。護衛に内緒《ないしょ》で街に出ていたのだが、女性の悲鳴が聞こえてね。駆《か》け付けたら勇敢《ゆうかん》な令嬢《れいじょう》が荷物を投げているところだった」

あの時からいたってこと!?

「そのあと攫われそうになっていたから助けようとしたのだが……ルディウスの方が早くて……」

ええ。疾風迅雷《しっぷうじんらい》ですから。

「あいつ素早《すばや》い上に足音を立てずに近付いてくるから、時々暗殺者が来たのかと思う時があるよ」

原作ではそんなステルススキル持っていなかったのに……パワーアップしてるな。

「ところでもう一人の女性については何か感想はないですか？」

「セルトン伯爵令嬢か。子どものいない伯爵が施設《しせつ》にいた彼女を養女にしたとか」

殿下の言う通り、マリエットは赤子の時に施設に預けられ施設育ちとなっている。そんな彼女は昔から老若男女《ろうにゃくなんにょ》問わず誰《だれ》からも好かれる子で、伯爵も魅了《みりょう》され引き取ったという設定なのだ。殿下も彼女の素性《すじょう》を調べたということは、少なからず興味がありそうだけど。

「それより私はレリア嬢の今後について話をしたいな」

「……今後、ですか？」

「私の妃《きさき》になるという話だよ」

まだ続けるのか、この話。

「わ……私が王太子妃《ひ》になると……とても危険だと思います」

「どう危険なの？」

どう危険って言われても……そうだ！　この手があった！

「ルディが殿下のお傍《そば》でお仕えしているのに、私までもが王太子妃になったら父であるクラヴリー公爵が力をつけてしまいます。国のことを考えるのでしたら避《さ》けるべきではないでしょうか……」

ルディは王位継承《けいしょう》権第二位を保有している。公爵が力をつけてしまうと王家としては謀《む》反《ほん》を起こされる可能性も出てきてしまう……ってよく王族が絡《から》む小説とかで使われる鉄板ネタを使ってみたけど大丈夫《だいじょうぶ》だよね？

「自分の家の家門が権力を得る絶好の機会なのに……そういうところもいいね」

殿下が立ち上がりながら手を差し出してきたので手を乗せて立たせてもらうと、私の手を自分の唇《くちびる》に近付けて口付けてきた。

「私のことはシルって呼んで」

口付けをしながら上目遣《うわめづか》いでこちらを見つめてくる王太子・シルヴィードの仕草に、ドキドキと胸を高鳴らせていると、背後から冷淡《れいたん》な声が――。

「シル様。姉上から離《はな》れてください」

「お前に愛称呼《あいしょう》びは許してないぞ、ルディ」

私から手を離した殿下は体を起こすと、意味深長な笑みを浮《う》かべたままルディと見つめ合った。若干《じゃっかん》二人から火花が見えるのは気のせいだろうか？

「レリア嬢。さっきの話、考えておいてね」

先に視線を逸《そ》らした殿下は、私に微笑《ほほえ》むとそのまま立ち去って行った。

イケメンのスマイル……恐るべし。

気持ちを落ち着かせていると横からルディがハンカチを差し出してきた。

どこも汚《よご》れてないと思うけど……。

ハンカチの意味が分からず体のあちこちを確認していると、ルディが私の手を持ち上げた。

「痛い！　痛い！　痛い！　皮膚《ひふ》めくれちゃうから!!」

突然《とつぜん》ごしごしと私の手を拭《ふ》き始めたのだ。

「なになに？　急にどうしたの!?」

「これはもう使えませんね。姉上。先日のハンカチも含《ふく》めて二枚でお願いします」

この子の言動がほんっっっっっとうに読めないわ!!

# 第二章　俺だけの宝物

母は生まれながらの王族気質だった。

そのため公爵夫人になっても『王族としての自覚を持て』が母の口癖《くちぐせ》だった。

母にとって俺の感情など不要な物でしかない。

そんな母は俺が八歳の時に亡《な》くなった。

あれだけ王族の誇《ほこ》りを大事にし、王族を重視してきた人間も死ねばただの肉塊《にっかい》。棺《ひつぎ》に眠《ねむ》る母を眺《なが》めながら人の生の虚《むな》しさを感じた。もう俺の生活に干渉《かんしょう》する人間はいない。

だが母が死んでも俺のやることは今までと変わらなかった。

なぜなら俺は、それ以外の日々の過ごし方を知らないから。


父が再婚《さいこん》することになったのは母が死んで一年後のことだった。

新しい公爵《こうしやく》夫人は無表情の俺を見て眉《まゆ》を顰《ひそ》めた。この表情をする人間は大抵《たいてい》俺のことを嫌《きら》っている。父も同じだからだ。母によって洗脳された俺を父は昔から疎《うと》ましく思っており、俺を見る時は汚物《おぶつ》でも見ているかのような目をしている。

「こちらのお嬢さんはレリア嬢だ。お前より一つ上だから姉になる。仲良くしろ」

紹介《しょうかい》された少女は、母親に背中を押されながら怯《おび》えた様子で俺の前に進み出た。

俺が怖《こわ》いのか不安そうに視線が泳いでいる。

「レリア嬢。弟になるルディウス・フォン・クラヴリーだ。仲良くしてやってくれ」

父が俺の名前を紹介した瞬間《しゅんかん》、先程《さきほど》まで怯えていた少女とは別人のように顔つきが変わり俺を凝視《ぎょうし》した。

「あなた……ルディウス……？」

初対面だと思うが少女はまるで俺を知っているかのような口ぶりだ。

少女は何かを考え込みだしたが俺には関係ない。

……この時はそう思っていた。


新しい家族ができても俺の日々は変わらない。今日も亡くなった母の言いつけ通り、いつもの日課をこなすため部屋を出た。

「ルディウス、おはよ！　一緒《いっしょ》に遊ばない？」

廊下《ろうか》に出てすぐに俺の進路を塞《ふさ》ぐように立ちはだかったのは、無理やり笑みを作った少女だった。俺が少女を無視して横を通り過ぎると、少女は俺の後ろを歩き勉強部屋まで付いて来た。

「あら？　レリア様も一緒にお勉強するのですね。とても良い心がけですよ」

俺の後から勉強部屋に入った少女は、すでに来ていた先生に声をかけられ頬《ほお》を引きつらせた。

「いや……あの……私に分かるかな……？」

「大丈夫ですよ。レリア様には基礎《きそ》知識からお勉強してもらいますから」

渋々《しぶしぶ》俺の隣《となり》に座った少女はものの数分で眠りについた。


休憩《きゆうけい》時間になり読書をしていると、目を覚ました少女は机に突《つ》っ伏《ぷ》しながら俺に顔を向けてきた。その表情には疲労《ひろう》の色が見えた。寝《ね》ていただけなのに。

「やっぱり最低限の知識は知っておいた方がいいかな。でも勉強って苦手なんだよね……」

返事もしなければ視線も本から逸らさないのに、隣に座る少女は一人で喋《しやべ》っている。

「ルディウスは凄《すご》いね」

凄い？

母に言われて当たり前のようにこなしていただけなのに、凄いと言われたのは初めてだ。

「私なんか教科書開いただけで寝ちゃうよ」

それは知っている。

翌日も少女はヘラヘラと笑いながら俺の後を付いて来た。

今日は剣術《けんじゅつ》の稽古《けいこ》だから飽《あ》きてどこかに行くだろう。……とはいかなかった。

「やあ！　とお！　うりゃ!!」

短い木刀を振《ふ》り回しながら少女が剣術の先生に突っ込む姿は猪《いのしし》さながらである。

「動きはいいのですが、もう少し考えて動けるといいですね」

「はい！」

戻《もど》ってきた少女は汗《あせ》を拭《ぬぐ》いながらニコニコと嬉《うれ》しそうに笑っている。

「動きがいいって褒《ほ》められちゃった！　私、剣術の才能あるかも！」

あの先生の言葉のどこに褒め言葉があった？　どう聞いても動きが単純だと言われているようにしか思えなかったが……。

この少女の思考回路がどうなっているのか俺には理解できなかった。


そんなある日。廊下を歩いていると少女の母親がこちらに向かって歩いて来ていた。あちらは俺に気付くと顔をしかめながら扇《おうぎ》で顔を隠《かく》した。

「レリアに剣術を学ばせたりしているそうね。あの子は公爵令嬢《こうしゃくれいじょう》なのよ。そんな野蛮《やばん》なことはさせないでちょうだい。これだから身勝手な王族様の子どもは困るのよ」

俺は一度だってあの少女を剣術に誘《さそ》ったことはない。いつもあの少女が俺をつけ回しているんだ。迷惑《めいわく》しているのはこちらなのに……。

夫人の横を通り過ぎ、部屋に向かおうと階段を上っているとパタパタと小さな足音が聞こえてきた。

「ねえ！　今日は勉強お休みでしょ！　街に遊びに行かない？」

これ以上、この少女に関《かか》わって公爵夫人に嫌味《いやみ》を言われるのはごめんだ。俺は少女を無視して階段を上り続けた。

「絶対楽しいから行こうよ！」

しつこく追いかけてくる少女に俺の中の何かが切れた。

振り払《はら》うつもりで手を振った次の瞬間、少女の体が宙を飛んでいた。

自分が彼女を突き落としたと気付くのに時間はかからなかった。

尻餅《しりもち》をついた少女は怯えた顔で俺を見上げている。

落とすつもりはなかった……。少女に触《ふ》れた感覚が残る手に視線を落としていると、夫人の叫《さけ》び声が階下に響《ひび》いた。

その声を聞きつけやって来た父は溜息《ためいき》を吐《つ》くと、俺にお仕置き部屋まで付いて来いと目で合図してきた。俺はまだ座り込んでいる少女の横を通り過ぎ、歩き出す父に付いて行った。

お仕置き部屋。真っ暗な狭《せま》い部屋に食事も水も禁止の状態で丸一日放《ほう》り込まれるのだ。

嫌な記憶《きおく》を思い出しながら歩いていると、パタパタと小さな足音が近付いてきた。

「お義父様《とうさま》！　ルディウスをお仕置きするのは止《や》めてください!!」

父の足にしがみついたのは先程まで怯えて動けずにいた少女だった。

「私がルディウスをしつこく誘ったのがいけなかったのです！　どうしてもお仕置きするなら私も一緒にお仕置きしてください！」

少女の必死のお願いに父は溜息を吐いた。

「ただの子ども同士の喧嘩《けんか》のようだ。今回は見逃《みのが》してやろう」

「あなた!?」

納得《なっとく》のいかない夫人は声を荒《あら》らげるも、父はそれを無視し仕事に戻ろうと踵《きびす》を返した。

少女は立ち上がると俺の手を握《にぎ》り微笑《ほほえ》んだ。

「お仕置きがなしになって良かった。ごめんね、ルディウス」

怯えさせた俺に対し笑顔《えがお》を見せる少女に、なぜだかモヤモヤとした感情だけが残った。

翌日から少女は俺の後ろを少し離《はな》れて付いてくるようになった。

しつこく誘ってくることはなくなったが、ずっと付きまとっている自覚はないのだろうか？

途中《とちゅう》で庭の地面に座り本を開くと、一人分だけ離れて少女も腰《こし》を下ろした。

「ねえ。ルディウスって呼びにくいからルディって呼んでもいい？」

俺は少女を無視して次の頁《ページ》を捲《めく》った。

「……まあ嫌ならルディウスのままでもいいけど……」

「好きに呼べば」

いつも元気な少女の下がった声音《こわね》に思わず返事をしていた。

すると少女は目を輝《かがや》かせて嬉しそうに笑った。

「初めて返事してくれた！」

少女の笑顔になんだか気恥《きは》ずかしくなり本を閉じて立ち上がると、少女も慌《あわ》てて立ち上がり後を付いてきた。

俺は別に呼び方なんてどうでもいいと思って返事をしただけだ。口がきけないわけでもないんだし……。

自分の気持ちに戸惑《とまど》っていると、「ウゥゥ……」と低く唸《うな》る声が聞こえてきた。

まずい。父の飼っている番犬だ。この犬は俺に懐《なつ》いておらず一度噛《か》まれそうになったこともある。なるべく近付かないようにしていたのだが、考えごとをしていて気付かなかった。

今にも襲《おそ》い掛《か》かってきそうな犬に一歩後退《あとずさ》ると、犬は俺に向かって飛びかかってきた。

「伏《ふ》せて!!」

叫び声に合わせて咄嗟《とっさ》に伏せると、「くらえ唐辛子《とうがらし》爆弾《ばくだん》！」という少女の声と共に、「ギャン！」と苦しそうな犬の泣き声が聞こえてきた。

状況《じょうきょう》を確認《かくにん》しようと顔を上げると、突然《とつぜん》物凄《ものすご》い突風《とっぷう》が吹《ふ》き目を閉じた。

次の瞬間《しゅんかん》、背後にいた少女が凄い勢いで咽《む》せだした。

「ぐおぉぉぉ！　まさかの自滅《じめつ》！　風向きが変わるとは！」

なんのことだ？

顔を上げると犬は一目散に逃《に》げ出していた。後ろにいた少女は両手で顔を覆《おお》いながら悶《もだ》えている。目を擦《こす》りながら涙《なみだ》をボロボロと流す少女は立ち上がると俺に手を差し出した。

「ルディ、怪我《けが》はない？」

泣いているのに得意気に笑うその凛《りん》とした姿がとても眩《まぶ》しかった。

犬に襲われそうになり怖《こわ》くて動けなくなっていた俺を、少女は勇敢《ゆうかん》に立ち向かい助けてくれた。俺があんなに酷《ひど》いことをしたのにもかかわらず……。未《いま》だ残る少女を振り払った時の感触《かんしょく》を感じて手を見つめていると、少女がその手を握り立たせてくれた。

その握られた手の感触は優《やさ》しくて、今まで感じたことのないような温《ぬく》もりがした。

無邪気《むじゃき》に笑いかけてくる少女に俺の胸が高鳴った。

自分はこの勇敢な少女を守れるような強い男になりたい！

俺はあの日から心の中で少女のことを、レアと愛称《あいしょう》で呼ぶようになった。彼女は俺にとって姉ではなく、特別な存在になったからだ。

そんなレアに認めてもらいたいと考えるようになってからは、母の教えなどどうでもよくなり、俺の生活はレア中心の生活へと変わった。だが、どれだけ彼女を観察しても、彼女の行動を理解するのは難解で俺の頭を何度も悩《なや》ませた。

まずレアの部屋には、令嬢の部屋とは思えないような物がたくさん置かれている。

唐辛子を粉末状にした赤い粉。すり鉢《ばち》に……砥石《といし》?

一度レアにさりげなく何に使うのか聞いてみたことがあるが、「来《きた》る終末の日のための準備」だそうだ。鬼気迫《ききせま》るレアの様子に、俺はレアを守るため一層剣術に打ち込んだ。

さらに力を入れたのが踊《おど》りの練習だ。はっきりいってレアの踊りは壊滅《かいめつ》的だ。

「なんで旨《うま》くいかないのかな?」

不思議がるレアに俺は心の中で思った。途中で入る変な掛け声『ヨイヨイ』が余計なのでは?

そんなレアは俺の足を何度踏《ふ》もうとも、先生に嫌味を言われようとも、めげることなく一生懸命《いっしょうけんめい》踊《おど》りに励《はげ》んだ。その健気《けなげ》な姿に俺も応援《おうえん》したくなり、足が痛くなろうが黙《だま》って付き合い続けた。もちろん嫌味を言う先生を睨《にら》んで黙らせておくことも忘れない。レアは足元しか見ていないから気付いていないようだけど。

しかしどんなに頑張《がんば》ってもレアが上達することはなかった。正直レアが踊れないのなら、他《ほか》の男と踊る機会を無くせるから好都合だ。だが自分と踊る時は牽制《けんせい》の意味も込めて完璧《かんぺき》な姿を見せつけたい。こちらは俺が社交界に出られるようになる十六歳までに習得することを目標にした。

そして俺を最も悩ませたのは誕生日の贈《おく》り物である。

毎年レアは俺の誕生日に一輪の花を添《そ》えた贈り物をくれるため、俺も何かレアが望む物をあげたいと思い、今一番欲しい物を尋《たず》ねた。

「筋肉が欲しいな」

この答えには未だ応《こた》えることができず、結局一度も贈り物を贈れていない。

そんな俺には将来のために考えるべきことがあった。それはどうやってレアと婚姻《こんいん》関係を結ぶかということだ。世間では今の俺とレアは姉弟《きょうだい》になってしまう。父の扶養《ふよう》下にある今の姓《せい》のままでは結婚は難しい。

そんな矢先、剣術《けんじゅつ》の先生に言われた言葉が活路を見出《みいだ》した。

「ルディウス様は素晴《すば》らしい剣術の使い手ですね。王宮の騎士《きし》達も顔負けですよ」

王宮の騎士か。王家に仕えることに全く興味はないが、王宮の騎士ならば武勲《ぶくん》を得る機会も断然増える。そこで爵位《しゃくい》をもらいクラヴリーの姓から離れれば、レアとも結婚しやすくなる。それに給料も手に入るから、公爵家のお金ではなく自分のお金でレアに欲しい物を買ってあげることができるようにもなる。筋肉以外の贈り物で……。

俺は早速《さっそく》王宮の騎士になるべく動き出した。

その成果はすぐに表れた。十四歳になった俺は史上最年少で王宮騎士になったのだ。一番に報告したのはもちろんレアだ。俺のことなのに凄《すご》く喜んでくれたのが嬉《うれ》しかった。

レアがお祝いにとケーキとジュースを用意してくれて二人で祝った。その時にレアは俺のために初めて刺繍《ししゅう》したというハンカチをお祝いにくれたのだが、ハンカチを開いて固まった。

……これはなんの絵柄《えがら》だ？　褒《ほ》めるべきか？　それとも素直《すなお》に分からないというべきか？

「ちょっと歪《ゆが》んではいるけど初めてだから仕方ないよね」

てへへと照れ笑いするレアの手は絆創膏《ばんそうこう》だらけになっていた。

俺を想《おも》いながら一針一針縫《ぬ》ってくれたのだと思うと心が温かくなった。

「そうですね。個性的ですが姉上らしくていいと思います」

しかしそれ以来ハンカチに刺繍してくれなくなった。

何がいけなかったのだろうか……。

レアに祝ってもらった夕方。俺は部屋に戻《もど》ると宝箱を開けた。中には今までレアがくれた全《すべ》ての物が詰《つ》まっている。

誕生日に貰《もら》ったビックリ箱なる飛び出すおもちゃが出てくる箱や、箱を開けると指を挟《はさ》まれるという使い道のない不思議な箱。よく考えたら誕生日の贈り物は箱ばかりだが。

でも俺が箱を開ける前のレアの顔は、いつも輝いていて可愛《かわい》くて大好きだ。

……箱を開けた後は、何故《なぜ》か残念な顔をされてしまうけれど。

もちろん贈り物に添えられていた花も、全て押し花にして宝箱にしまってある。

そんな大切な宝物達の中に新たな宝物をしまった。


俺が王宮の騎士になって数日が経《た》った。

剣術の先生は王宮騎士も顔負けと言っていたが、顔負けどころか弱すぎて話にならない。

今日も王宮の練習場で弱い騎士達を相手に訓練をしていると、後ろから声をかけられた。

「へえ。お前がルディウス・フォン・クラヴリーか」

俺より少し年上の男は木刀を手に取ると一振《ひとふ》りして俺を見据《みす》えた。

「お相手願おうか」

口元を緩《ゆる》めて不敵に笑う男に苛立《いらだ》ちを感じるも、周囲の騎士達のざわつき方から、こいつがただの騎士ではないことを瞬時に察した。もしかしたらこいつは……。

俺は持ち前の瞬発力を活《い》かして目の前の男に切りかかるも、男はギリギリで避《よ》け木刀を振《ふ》り下ろしてきた。体を回転させ、木刀を受け止めると男は面白《おもしろ》そうに笑った。

「へえ。噂《うわさ》以上だ」

俺は相手の木刀を自分の木刀でいなし、相手の体勢を崩《くず》したところで下から木刀を振り上げるも、一歩後退され当てることはできなかった。

「暗殺者にでもなれそうなくらいの素早《すばや》さだ」

男は笑いながら木刀を訓練場にある壁掛《かべか》け台へと戻した。

「まだ勝負はついていませんが？」

「この勝負は今度開かれる剣術大会までのお楽しみにしておこうじゃないか」

男の発言に周囲がざわついた。

「殿下《でんか》。剣術大会の出場は十六歳以上と決められております」

騒《さわ》ぎを聞きつけて駆《か》け付けた団長が男に進言した。

「それは未熟だからという意味だ。君も知っての通り彼の実力なら十分だろう。それに今年の剣術大会の主催者《しゅさいしゃ》は私だ。その私の決定に何か不満でも？」

男の圧に団長は押し黙った。

「楽しみにしているよ、ルディウス」

これが俺と王太子殿下の出会いだった。

その日の夕方。屋敷《やしき》の自室に戻るとベランダに直行した。

そこには綺麗《きれい》な赤紫色《あかむらさきいろ》の花びらをした花が咲《さ》いている。俺が手塩にかけて育てている花だ。花びらに優しく触《ふ》れて撫《な》でていると、部屋の扉《とびら》が叩《たた》かれ、入室を促《うなが》すと遠慮《えんりょ》がちにレアが扉から顔を覗《のぞ》かせた。

「ベランダで何してるの？」

俺の姿を見て、レアが入口で不思議そうに首を傾《かし》げている。

「花の様子を見ていたのです」

「花？」

「見ますか？」

「見たい！」

そう言うとレアは満面の笑《え》みを浮《う》かべながら、小走りでベランダまで駆けてきた。

その可愛い仕草に今日一日の疲《つか》れが消えていくようだ。

「わあ！　綺麗な花だね！」

レアは俺の隣《となり》にしゃがむと、花を眺《なが》めて目を輝《かがや》かせた。

この花が綺麗なのは当然だ。なぜならレアのように元気で華《はな》やかそうな花を選んだのだから。

「こんなに綺麗なのは、ルディが大切に育てているからだね」

大切には育てているが、綺麗になることとなんの関係があるんだ？　レアの言っている意味がよく分からず、わずかに眉間《みけん》に皺《しわ》が寄った。

「だって大切に育てられた花や人って綺麗になるって言うでしょ？　ルディが大切に育てているから、花もそれに応えようとして綺麗に咲いているんだよ」

そういうものなのか？　納得《なっとく》したようなしないようなそんな気持ちを抱《かか》えていると、冗《じょう》談《だん》交じりにレアが俺を見上げて言った。

「ルディも私が大切にしているから綺麗なのかな？」

俺が綺麗⁉　何を言っているんだ⁉

レアの目には俺が綺麗に映っていることを知り気恥《きは》ずかしくなった俺は、顔が赤くなるのを感じてレアから視線を逸《そ》らした。夕日のお陰《かげ》で赤くなった顔には気づかれないはず……。

「ごめんね。男の子に綺麗はないよね」

動揺《どうよう》しているとレアが立ち上がる気配がした。

「王宮騎士になって大変じゃないか心配だったけど、大丈夫《だいじょうぶ》そうだね」

そういうとレアが部屋の扉に向かって歩き出した。もっとレアと話がしたいのに、赤い顔を見られたくなくて引き止められずにいると、扉が静かに閉まる音がした。

恥ずかしがらずにもっとレアに気の利《き》いた言葉を言えるようにならないと……。自分の不甲斐《ふがい》なさから大きく溜息《ためいき》を吐《つ》き、花に視線を落とした。

『ルディも私が大切にしているから綺麗なのかな？』

先程《さきほど》のレアの言葉を思い出した。

大切にされたモノが相手に応えようとする気持ちが何となく分かった。

レアに大切にされるのはとても心地《ここち》が好《よ》い。

綺麗に咲く花びらを優《やさ》しく撫でながら、頬《ほお》を緩めたのだった。


王太子殿下から出場許可が出たこの年の剣術大会は途中《とちゅう》で敗北。一層剣術に力を入れて挑《いど》んだ翌年は殿下に敗れて準優勝に終わった。レアを守るためには誰《だれ》にも負けたくないという想いはもちろんあるが、優勝すると貰える賞金でレアにドレスを買ってあげたいという目標もできた。

来年こそは絶対に優勝してやる！

そんな決意を抱《いだ》きながら必死に訓練に取り組む俺の前に、邪魔《じゃま》するやつが現れた。

団長の部屋に呼ばれて行くとソファーに座る殿下の姿があった。

「やあ。ルディウス」

「殿下が護衛としてお前にお供を頼《たの》みたいそうだ」

団長に耳打ちされ思わず眉《まゆ》をひそめた。

「護衛は近衛《このえ》兵の仕事ではないのですか？」

「うん……まあ……そうなんだが……」

「この王宮で私の次に強いルディウスを護衛に指名するのは、おかしな話ではないだろ？」

俺より強いなら護衛はいらないのでは？　鼻につくような物言いに少し苛立った。

そしてこの歳《とし》になってもう一つ、苛立つことがあった。それはレアが成人したことだ。

成人自体が嫌《いや》なのではない。可愛かった少女がどんどん綺麗になっていく姿が気に入らないのだ。本人は気付いていないが、無防備に笑うレアに魅入《みい》られている公爵《こうしやく》家の騎士《きし》達を何人か目撃《もくげき》した。笑顔は俺だけに見せて欲しいのに……。そんなモヤモヤした気持ちを公爵家の騎士達を鍛《きた》える名目で、剣術《けんじゆつ》の訓練でぶつけておいた。

それから一年が経ち、十六歳になった。官僚《かんりよう》の不正の手がかりを調べようとする殿下に街中の店に連れ回されたこともあり、気付けば俺は周りに殿下のお気に入りと言われるようになっていた。

そしてこの歳になってようやく剣術大会で優勝することができた。

手に入れた賞金で念願だったレアとのお揃《そろ》いの衣装《いしよう》を買った衣装店からの帰り、俺は改めてレアが俺を義弟《おとうと》としてしか見ていないことを実感した。

幼い頃《ころ》からレアを見てきたが、レアには『愛される』という感情が欠落しているように思う。公爵夫人がレアを虐待《ぎやくたい》してきたのが原因だろうか？　それだけではない気がする。

自分は人から愛される存在ではない、そう考えているような……。俺がレアを愛し続ければいつか気付いてくれるだろうか。自分は愛される存在なのだということに……。


そんな矢先、俺は王太子殿下に呼び出されていた。

「昨日、お前が助けた令嬢《れいじょう》を調べて欲しいんだ」

殿下が昨日人攫《ひとさら》いの現場にいたことには気付いていた。だがなぜ俺があの令嬢を調べなきゃいけないんだという不満を顔に出すと、俺の返事を聞く前に畳《たた》みかけてきた。

「あの現場にいたのはお前だけだし、お前以外誰も顔を知らないから調べられないだろ？」

殿下が他《ほか》の女に目を付けたなら、公爵令嬢であるレアとの婚約《こんやく》話は出なくなる可能性が高くなるため、嫌々《いやいや》ながらも引き受けた。


数日後、助けた女について調べた調査結果を報告書にまとめた。

女の名前はマリエット・ドゥ・セルトン。

光の家という施設《しせつ》で育ち、彼女の周辺の人間は誰も彼女を悪く言わない。誰に聞いても彼女は優しく、思いやりがあり、可愛《かわい》い……。それが俺にとっては逆に気持ちが悪かった。

助けた時の女の仕草を思い出した。俺とレアに対しての態度がわずかだが違《ちが》っていた。

実母に嫌《きら》われようとも俺を守ろうとしてくれるレアとは違い、自分を守ってもらうために周りを利用しようとしているような仕草。……浅ましいな。

報告書を殿下《でんか》に手渡《てわた》すと殿下は興味深そうに報告書を捲《めく》った。

「ふ〜ん……。施設育ちみたいだけどルディウスは彼女とどういう関係なの？」

「関係もなにもあの時が初対面ですから特には……」

「あれ？　そのわりには一番に助けていなかった？」

一番というかレアを助けるつもりで……ってもしかして……。

「殿下が仰《おつしや》っている令嬢って、俺が背に匿《かくま》った令嬢のことですか？」

「そうそう。人攫いに鞄《かばん》を投げつけている姿が勇ましくて格好《かっこ》良《い》い女性だったよ」

自分が知らなかった衝撃《しょうげき》的な事実を知り、レアが傷付く前に助けられて良かったという安堵《あんど》の溜息を吐いていると、王太子が呟《つぶや》いた。

「私が助けたかった……」

殿下より先に助けられたのは良かったと思いつつ、レアに興味を持たれたことは厄介《やっかい》だ。

「殿下にはセルトン伯爵《はくしやく》令嬢の方がお似合いだと思いますよ」

腹黒同士。

「……お前にしては珍《めずら》しいな。いつもなら躊躇《ためら》いなく情報を提供してくれるのに」

「提供するだけの情報を持っていないだけです」

殿下は探《さぐ》るような視線を俺に向けるも、一切《いっさい》感情を表に出さない俺に溜息を吐いた。

「お前が教えてくれないなら、今度の生誕祭で捜《さが》すしかないか」

本気で不参加を考えた瞬間《しゅんかん》だった。

殿下の生誕祭当日。俺の見立て通りに綺麗《きれい》に着飾《きかざ》ったレアと王宮に向かっていた。自分がレアに似合うと思って選んだ衣装なのだが、あまりの美しさに後悔《こうかい》していた。

こんなことならもっと地味なドレスにしておけばよかった。なぜなら今日は、レアに興味を持ち始めた王太子と対面しなければならないからだ。今のレアには会わせたくない。

だがドレスには周りを牽制《けんせい》するためにさりげなく俺色の黒を紛《まぎ》れ込ませておいた。殿下がこれに気付いてくれるとよいのだが……。

しかしレアのことを教えなかった俺への嫌がらせとばかりに、殿下はレアを踊《おど》りに誘《さそ》ってきた。

レアが他の男と踊るのは嫌だが、いつもの調子で殿下の足を踏《ふ》めばレアを誘おうとする奴等《やつら》はいなくなる。絶好の機会といえば絶好の機会なのだが……。考え込んでいると、俺にだけ分かるようにレアが小さく首を振《ふ》って合図を寄越《よこ》してきた。そんなレアのために助け舟《ぶね》を出すも殿下は気付かず……いや気付いていてわざとか？　殿下の不快な態度に眉を寄せていると嫌がっていたはずのレアが意気込んで踊りに行ってしまった。絶好の機会だとは思ったが、レアが率先《そっせん》して向かうのは気に入らない。

そしてこの日の夜会で話題になったのは、俺とのお揃いの牽制ドレスの噂《うわさ》……ではなく、

『王太子殿下の足を踏んでも許される令嬢が現れた！』という話だった。

レアがようやく俺のもとに戻《もど》ってきたと思ったら新たな邪魔が入った。セルトン伯爵令嬢だ。この女がどういうつもりで俺に接触《せっしょく》してくるのかはよく分からないが、レアからの提案を無下にはできず、女を踊りに誘った。

踊りの最中、俺の頭にあったのはレアの怯《おび》えた表情だった。あの表情をされたのは階段から突《つ》き落としてしまった時以来だ。確かにしつこいこの女に苛立《いらだ》っていたのは事実だが、決してレアを怯えさせようと思っていたわけではない。

レアに視線を向けると、会場を出ようとしているところだった。どこに行くんだ？

「ルディウス様はお姉様と仲がよろしいのですね」

初対面に近い人間から名前で呼ばれるのは気分が悪い。俺は女を無視して踊りを続けた。

「仲が良い姉弟《きょうだい》が羨《うらや》ましいです。私もルディウス様のように素敵《すてき》な弟が欲しいです」

弟、弟とうるさい女だ。

「レアとは血が繋《つな》がっていませんから姉弟ではありません」

「……そうなのですね。ごめんなさい」

苛立ちながら否定すると、女は驚《おどろ》いたように目を丸くしながら謝ってきた。そしてお互《たが》いそれ以上会話をすることなく曲が終わった。

踊り終えると、他の令嬢達からの誘って欲しそうな視線を無視してレアを追いかけた。

# 第三章　義弟との距離

王太子生誕祭の夜会が終わった翌日、私は早速依頼《さっそくいらい》の品の作製に取り掛《か》かっていた。

その依頼の品とは……。

「痛！」

むうう……。

指を咥《くわ》えながら恨《うら》みがましく睨《にら》んだ……手元にあるハンカチを。

刺繍《ししゅう》が苦手だということを知っているくせに二枚も頼《たの》んでくるなんて絶対に嫌《いや》がらせだ。

指を咥えながら昨夜の王太子と別れた後のことを思い出していた。

汚《よご》れていない私の手を思いっきりハンカチで拭《ふ》いた後、ルディはハンカチを乱雑に仕舞《しま》いながら尋《たず》ねてきた。

「それで？　面倒事《めんどうごと》を俺に押し付けて殿下と何を話されていたのですか？」

面倒事って相手はヒロインですよ？

「楽しくなかったの？」

「面白味《おもしろみ》のない普通《ふつう》の踊りですからね」

変な踊りで悪かったわね！

「なんか私を王太子妃《ひ》にしたいんだって」

「断ったのでしょう？」

ルディは無表情のまま間髪《かんはつ》を容《い》れずに聞いてきた。務まらないとは思っているが、当たり前のようにそうだと言われると引き受けたくなるのは何故《なぜ》だろう。

「もちろん断ったわよ。国政を手伝うような大変な仕事を引き受けるわけないでしょ」

「姉上らしいですね」

それにしても殿下に目を付けられるというのは厄介だな。お友達になるつもりではあったけど、実際王太子妃になれと言われたら話は別だ。なんで出会って間もないのに結婚の話にまですっ飛んでんのよ。男女の友情は存在しないのかの是非《ぜひ》を皆《みな》に問いたい。

「もう面倒だからヒロインと結ばれてよ」

「ヒロイン？」

私の呟きにルディが首を傾《かし》げた。

「ほら、さっきルディが踊った女性。ヒロインみたいに可愛いからそう呼んでるの」

実際にヒロインなのだが……。

「ああ。セルトン伯爵令嬢のことですか」

ルディの発言に驚き顔を上げた。

「なんでさっきの女性がセルトン伯爵令嬢だって知ってんの⁉」

「……」

マリエットは名前を名乗っていないのに、ルディが名前を知っているということは、なんだかんだ言っても盛り上がったのかな？　まあ彼女はヒロインだし当然だよね。それに彼女を二人が取り合ってくれないと話は始まらないから……って始まったらダメでしょ！　でも殿下《でんか》はヒロインに押し付けたいし、どうしたらいいんだろ？

「それで？　セルトン伯爵令嬢がどうされたのですか？」

「殿下とくっついたら話は早いのにって……」

思わず出てしまった言葉に口を塞《ふさ》いだ。ルディがマリエットを好きだとしたら戦争勃発《ぼっぱつ》の危機である。しかしルディは顎《あご》に手を当てて感心したように唸《うな》った。

「姉上。それはとても良い案ですね」

え？　まさかの賛成？　戦争勃発はどこに行った？

「是非、協力させてください」

こうしてルディが協力するという奇妙《きみょう》な展開になったのだが……。

「協力するので報酬《ほうしゅう》のハンカチは忘れないでくださいね」

ハンカチ製作からは逃《のが》れられない運命になったのだった。

そして今に至る……。

「痛！」

このまま作業していたら指に穴が開きそうだ。休憩《きゅうけい》しようと伸《の》びをすると扉《とびら》を叩《たた》く音が聞こえ、入室を促《うなが》すと公爵《こうしゃく》家の執事《しつじ》が入ってきた。

「お嬢様《じょうさま》。お手紙が届いております」

そう言いながら差し出されたのは執事が両手で抱《かか》えていた箱だった。

普通手紙って薄《うす》いものだよね。手紙と言いながら箱を渡《わた》すとかおかしくない？

渡されたその中身に目をやると……なんじゃこりゃ⁉

中はお店でも開けそうなくらい色とりどりの便箋《びんせん》で埋《う》め尽《つ》くされていた。相手は紙なのに箱から這《は》い出てきそうな欲が渦巻《うずま》いているように見える。見るの怖《こわ》いな……。

「……えっと……これは……？」

聞かなくても分かってはいるが、返品できるものなら返品したい。

「お茶会のお誘《さそ》いです」

ですよね～。

きっと昨日、殿下と踊《おど》ったことで注目されたのだろう。つまりこれだけの人間に、王太子の足を踏んでいたのを見られていたということになる。

「一通り目を通して頂いて、参加されるものがありましたら仰《おっしゃ》ってください」

これ全部に目を通すの？　ラブレターなら喜んで読むけど、中身は欲望の塊《かたまり》だからな。

ハンカチ作りを中断し、手紙に目を通すことにした。

読んでも読んでも終わらない手紙地獄《じごく》にぐったりしていると、再び扉を叩く音がした。

今度は何？　もう気力は店じまいですよ。

テーブルに突っ伏《ぷ》しながら入室を促した。すると入って来たルディは、中央の応接用のテーブルに置かれた箱と、そのテーブルに突っ伏している私の状況《じょうきょう》を見て、色々察したようだ。ルディはそのまま行儀《ぎょうぎ》の悪い私を注意することなく、私が作業をしている前のソファーに腰《こし》をかけた。

「殿下と踊られた姉上に虫が集まってきたというわけですか」

あなたにとって人は虫でしかないのでしょうか？

「ルディ。表現が悪いわよ。せめて野心家くらいにしておきなさい」

この注意もどうなんだと思ったが一番まともな表現だろう。だって原作で殺された時の私なんか、ルディウスに害虫扱《あつか》いされていたからね。せめて殺されるなら人でありたい。

体を起こして再び手紙に目を通し始めたところで、一枚の封筒《ふうとう》に目が留まった。

「これ……」

動きを止めた私の手元をルディが覗《のぞ》き込んできた。

「エドワール侯爵《こうしゃく》令嬢からですね」

そう！　エドワール侯爵令嬢！　原作では先日の王太子殿下の生誕祭でヒロインをいじめて泣かせるはずだった令嬢だ。そういう風に設定したのは私だけど……。

「ルディはどうして知っているの？」

「上流貴族のことは一通り把握《はあく》しているだけです」

ルディが珍《めずら》しく他《ほか》の令嬢に興味を持ったと思ったのだが気のせいだった。

再び封筒の名前に視線を落とした。

小説の中ではエドワール侯爵令嬢がヒロインをいじめたことによって、王太子に目を付けられて、エドワール侯爵家を調べられるのだ。その流れで、令嬢の父のエドワール侯爵が不穏《ふおん》な動きを見せていることに気付かれて、一家は滅亡《めつぼう》するという……。

小説を書いている時に『そろそろヒロインと王太子の距離を縮めたいな〜』なんて考えて、エドワール侯爵を悪者にしてしまった。侯爵に殺されそうになったヒロインを駆《か》け付けた王太子が助けて、その後は胸キュンな展開になるように……ってそこは今、どうでもいいのだが。とにかくエドワール侯爵家は小説を盛り上げるためだけに存在した被害者《ひがいしゃ》ともいえる。

殺される立場になって気付いたが、なんだか申し訳ないな……。

「……姉上もお茶会を開いては如何《いかが》でしょうか？」

めんどくさ。

「見ての通りお姉ちゃんは忙《いそが》しいから難しいかも……」

「面倒《めんど》くさがりやの姉上にとって最適な案だと思いますが？」

心の中、読まれた⁉　何この子！　人の心を読む能力まで身に付けたの⁉

ルディは動揺《どうよう》する私を無視して話を続けた。

「この手紙の中でも主要な家の令嬢達を招待するのです。そうすれば姉上がわざわざ出向かなくてもまとめて片付きます」

片付くって……言い方。相手は主要な家の令嬢達ですよ。

「でもそれって失礼じゃないかな？」

「問題ありません。殿下にも参加して頂きますから」

え⁉　そんな大規模なお茶会にするの⁉　めんどくささ倍増しているのですが……。

『来《きた》る終末の日』に関係のないことに、あまり力入れたくないんだけど……。

「それに姉上が主催《しゅさい》なら呼びたい相手を呼ぶことができる。つまりこのお茶会にセルトン伯爵《はくしゃく》令嬢を呼べば、殿下との出会いのきっかけを作れるというわけです」

夜会で言ったこと……本当に協力してくれる気だったの⁉

私はてっきり話を合わせてくれてただけだと思ってた。

でもルディの言う通り、確かに二人を引き合わせるには都合がいいかもしれない。

王宮は許可の無い人間は入れないから、ルディに頼《たの》んで私は殿下に会えたとしても、マリエットは入れてもらえないだろう。そうなると外で会わせる方法になるが、まさか他の令嬢のお茶会に王太子を呼ぶわけにはいかないから、必然的に我が家になるよね。殿下も王位継承《けいしょう》権第二位のルディが誘えば無下には断れないだろうし。

チラリとルディを窺《うかが》うも、無表情のまま手紙の宛名《あてな》を見ては箱に戻《もど》してを繰《く》り返している。誰《だれ》が送ってきたか情報収集でもしているのかな？

それにしても……。大規模な私主催のお茶会の開催。忙しくなりそうだしハンカチは免《めん》除《じょ》してもらえるかな？

ニヤリと笑《え》みを浮《う》かべていると、宛名から視線を逸《そ》らさないままのルディに心を読まれた。

「お茶会の準備は俺がするので、姉上はハンカチ作りに専念してもらって問題ありません」

ハンカチへの執念《しゅうねん》が半端《はんぱ》ないって！

数日後。温室に設けられた席に座りながらソワソワする令嬢達の眩《まぶ》しい視線が一斉《いっせい》に、主催者である私に向けられた。

「ルディウス様はいつ来られるのですか？」

私はティーカップをソーサーに戻しながらにこやかな笑みで令嬢達を見回した。

そう、ただ今、ルディ提案の私主催のお茶会の真っ最中なのだ。

しかもここに招待したのは、私をお茶会に誘った令嬢の中でも主要な家の令嬢達。そして……本日の大本命、ヒロインことマリエット・ドゥ・セルトン伯爵令嬢だ！

令嬢達を集めるにあたって、当初は王太子殿下《でんか》を餌《えさ》にする予定だったのだが、もし殿下が参加しなかったらまずいと思った私は、王太子が来るという話は伏《ふ》せておき、もう一つの餌を用意したのだ。その餌にはハンカチ無しか、餌になるかどっちがいい!?　って聞いたら『どうせ殿下を連れて来なければいけないので、餌でいいですよ』と言われてしまった。確かに……。

しかも今日のお茶会もルディがほとんど準備してくれたから、やることの無い私はハンカチ作りに専念する羽目になった。お茶会の準備をしたいのかと聞かれればそれも嫌《いや》だけど……。

令嬢達に至っては、誘われたお茶会に出席せず、逆に誘ってしまうことはマナー違反《いはん》にあたるのだが、ルディを餌にしたら喜んで参加してくれた。

失礼だと怒《おこ》ってもいいところなのに、ルディの人気の凄《すご》さが窺える。

「実は皆《みな》さんにお伝えしていなかったのですが、本日は王太子殿下もお越《こ》しになる予定なのです」

私が令嬢達には言っていなかった情報を与《あた》えると、令嬢達の目の輝《かがや》きが増した。前もって伝えておくと大事《おおごと》になりそうだから黙《だま》っておいたのだが、令嬢達の反応を見る限り正解のようだ。

「それで上座の二席が空いていたのですね！」

エドワール侯爵令嬢が興奮気味に手を叩《たた》いた。原作で捨て駒《ごま》にしてしまった申し訳なさから今回誘うことにしたのだが……ヒロインをいじめるくらい王太子を狙《ねら》っていた子だから、王太子が来るとなればそりゃあテンションも上がるよね。

チラリと隣《となり》に座るマリエットを窺うと、テーブルの下で大事そうにハンカチを撫《な》でている。そのハンカチの刺繍《ししゅう》に目玉が飛び出た。

なにこの精巧《せいこう》な花の刺繍は⁉

花びら一枚一枚丁寧《ていねい》に刺繍されたハンカチは売り物になりそう……いやいや。これはきっとルディに渡《わた》そうとマリエットが新しいハンカチに刺繍したものだろう。ハンカチを見つめるマリエットの顔が恋《こい》する乙女《おとめ》のようで嫌な予感がした。

まさかルディのことが好き……とか？

ちょっと待ってよ！　ヒロインと王太子は赤い糸で結ばれているはずでしょ⁉　だって原作では一目見ただけで運命を感じたって設定にしてあるのに！　もし本当にマリエットがルディを好きだとしたら、ルディとマリエットが結ばれて殿下はフリーになって、公爵令嬢《れいじょう》である私が王太子の婚約者《こんやくしゃ》最有力候補……。もうこの際ここにいる誰でもいいから殿下の興味を引いてくれ――――!!

「姉上。お待たせしました」

振《ふ》り返ると殿下を連れたルディが入口に立っており、二人の登場で会場の空気は一気にヒートアップした。

相変わらず無表情のルディの後ろには、色めき立つ令嬢達に小さく手を振って笑顔で応《こた》える王太子殿下。本当にこの二人は対照的だよね……。

「ようこそお越しくださいました、殿下。ルディ、殿下をお席に案内して差し上げて」

淑女《しゅくじょ》らしく立ち上がりルディに案内を促《うなが》すも、殿下はにこやかな笑みで私の隣に立った。

「私はここでいいよ」

殿下が言う『ここ』とは超《ちょう》下座。つまり私の隣の席だ。

「殿下、ご冗談《じょうだん》を……」

私はここで気が付いた。私が席を譲《ゆず》ったら隣はマリエット……だよね？

「殿下、でしたら私の席に……」

「君。椅子《いす》を持って来てくれないか？」

席を譲ろうとする私を無視して、給仕《きゅうじ》をしていた使用人に指示を出し始めた。殿下の圧と、椅子を絶対に持ってくるんじゃない！　という私の圧を受けて、オロオロする使用人を見て仲裁《ちゅうさい》に入ったのはルディだった。

「殿下。我々《われわれ》は呼ばれた身ですから決められた席に着きましょう」

「ルディウスに言われると、私が我儘《わがまま》を言っているようではないか」

いや、言っていますから。

もっとごねるかと思われたが、殿下はルディの言葉に素直《すなお》に従った。この二人、原作より仲が良いのかな？

こうして無事、お茶会は開催できたのだが……。

「殿下とルディウス様は仲がよろしいのですか？」

令嬢達の質問攻撃《こうげき》がルディと殿下に集中している。

「そうだね。とても仲よ……」

「くないです」

にこやかな殿下とは打って変わってルディの塩対応っぷり……。

「酷《ひど》いな、ルディウスは。あんなにいつも一緒《いっしょ》にいるというのに……」

殿下の発言に令嬢達は『キャー!!』と黄色い叫《さけ》び声を発した。

アイドルか！

「変な誤解を招くような言い方は止《や》めてください」

塩対応のルディは殿下の言葉を一刀両断した。この二人、『原作より』というか完全に友達になってない？

ルディの塩対応にも慣れている様子の殿下が、一人の令嬢のネックレスについた宝石に注視した。

「その宝石、今、他国で人気の宝石だね」

「そうなんです！　最近この国でも流行《はや》り始めたので入手しておいたのですが、これにお気づきになるなんて、流石《さすが》は殿下ですわ！」

殿下と会話できたのが嬉《うれ》しいのか、宝石の自慢《じまん》ができたことが嬉しいのか、令嬢は興奮気味で宝石をみんなにも見えるように持ち上げた。その仕草に殿下は微笑《ほほえ》みを崩《くず》さず、ルディは無関心にお茶を飲み、そしてエドワール侯爵《こうしやく》令嬢を始め、ほとんどの令嬢の顔が……嫉妬《しっと》心剝《しんむ》き出しで怖《こわ》い……。

お茶会は混沌《こんとん》と化したのだった。

マリエットと殿下をくっつけようと考えて開いたけど、マリエットがルディを好きだとしたら、もう一度殿下の相手を考え直す必要がありそうだ。

マリエットと殿下をくっつける作戦が失敗に終わったと確信した私は、ひたすらお茶を飲み続けた。

その結果。トイレに駆《か》け込む羽目になるのだった。

スッキリした帰り、中庭にルディの姿があり声をかけようと近付いたところで立ち止まった。そこには頰《ほお》を薄《うっす》らと赤く染めながら可愛《かわい》くルディを見上げるマリエットがいたからだ。別空間のような空気を醸《かも》し出す二人を見て、慌《あわ》てて近くの石像の後ろに隠《かく》れた。

マリエットはあの立派な刺繍を施《ほどこ》したハンカチを取り出すと、ルディに差し出していた。

そのハンカチを見たルディの口角がわずかに上がったのを見て、心臓が気持ち悪くなるくらい脈を打ち始めた。

私には見せてくれたことのない……笑《え》み……。

マリエットからのプレゼントだからね。そりゃあ嬉しいよね……。

私は自分のポケットにしまっていたハンカチを取り出した。そのハンカチに施されたクラヴリー公爵家の紋章《もんしょう》の刺繍はところどころ歪《ゆが》んでおり、お世辞にも上手《うま》いとは言えない代物《しろもの》である。

……抹消《まっしょう》しよう。

そう決意し顔を上げると、突然《とつぜん》耳元で囁《ささや》かれた。

「あの二人。とてもお似合いだね」

驚《おどろ》いて振り返ると、そこにはにこやかな笑みを浮《う》かべた殿下が立っていた。

「そ……そう……ですね……」

お似合いか……。

彼の言葉に何故《なぜ》か気持ちが沈《しず》んだ。ルディがマリエットを好きなら応援《おうえん》したいと思う気持ちはある。

でも実際に二人が楽しそうにしている姿を目《ま》の当たりにすると、物悲しい気持ちになるのは何故だろう？

殿下《でんか》から視線を逸《そ》らしお茶会の会場へと歩き出した。

「周りから見たら私とあなたもあの二人のように仲睦《なかむつ》まじい姿に見えるかな？」

「見えないと思いますよ」

見えてたまるか！

「では見えるような関係になりませんか？」

突然《とつぜん》殿下に手を取られて立ち止まると、私の手に口付けをしようとする殿下からパッと手を引いた。

「殿下。以前にもお話ししましたが私が王太子妃《ひ》になるのは危険が伴《ともな》います。本日集まった令嬢達でお考え直しください」

「やはり王太子妃候補探しという企《たくら》みだったのか。ルディウスがやけに熱心に誘《さそ》ってくるから何かあるとは思っていたけれど」

「ご不快になったのでしたらお帰りになりますか？」

……なんだか私、自暴自棄《じぼうじき》になってる？

殿下に対して若干《じゃっかん》冷たい言い方になっている自分に驚いた。

「なるほど。一筋縄《ひとすじなわ》ではいかないようだ」

溜息《ためいき》を吐《つ》きながらもどこか楽しそうな殿下が手を差し出してきた。

「会場までエスコートするくらいならいいだろう？」

殿下の微笑みに先程《さきほど》のルディの嬉しそうな表情を思い出し、目の奥がじんわりと熱くなった。

なんで泣きたいの？

よく分からない感情を隠すように彼の手を取ったのだった。


お茶会が終わった夕方。私は自室の暖炉《だんろ》の前に立ち、ユラユラと燃える火を見つめていた。

手には不格好な刺繡《ししゆう》が付いたハンカチが二枚。

投げ込みたいのに投げ込めず、このような状態になってしまっているのだ。

心の中では二人の私が葛藤《かつとう》していた。

こんな不格好な刺繡が付いたハンカチを渡《わた》したら、マリエットの立派なハンカチと比べられて呆《あき》れられるわよ！　ルディは絶対「下手くそですね」とか言いそうだし！

でもそんなこと気にする必要ないでしょ。約束したんだし、いつものようにこの不格好な刺繡で笑いを取りに行けばいいじゃん？　何しても無表情だけど……。

どちらにせよ、ハンカチの刺繡が不格好であることは変わらないのが悲しい。

溜息を吐いていると部屋の扉《とびら》がノックされたのだが、考え疲《つか》れていた私は何も考えずに入室を許可した。

「姉上？」

暖炉の前で項垂《うなだ》れていた私は、かけられた声に背筋を伸《の》ばし振《ふ》り返った。

「何か用!?」

慌ててハンカチを後ろ手に隠した。

「……この部屋、暑くないですか？」

わずかに眉《まゆ》を寄せたルディが、部屋を見回しながら私の近くまでやって来た。

「そうかしら!?　ちょうどいいと思うけど!?」

暑さのせいか突然のルディの登場のせいかは分からないが、ダラダラと嫌《いや》な汗《あせ》が流れる。

「熱でもあるのでは？」

ルディのひんやりとした冷たい手が私の額に当てられた。

気持ちいい。

「姉上……汗だくですけど……？」

ルディの心地《ここち》よい手に一瞬《いっしゅん》我を忘れた私は慌てて手に持っていたハンカチで汗を拭《ふ》いた。

「ちょっと暑いかもね！」

「そのハンカチ……」

ぎゃあ!!

再び隠すも部屋の状況《じょうきょう》からルディは色々察したようだ。

「そのハンカチは俺のですよね?」

まだ所有者は私です。

「ルディは今日、とても立派なハンカチを貰《もら》ったでしょ? ハンカチばっかり持ってハンカチ王子にでもなるつもり?」

「ハンカチ王子ってなんですか? それにハンカチを貰ったってどういうことですか?」

「今日、セルトン伯爵令嬢《はくしゃくれいじょう》からハンカチ貰ったんでしょ」

不貞腐《ふてくさ》れたような物言いになっていたことを訂正《ていせい》しようと慌てて顔を上げると、ルディが思わぬ言葉を発した。

「もしかして嫉妬《しっと》していますか?」

その言葉に顔の温度が急激に上昇《じょうしょう》した。

いや! これは部屋が暑いせいだ!

「嫉妬なんかしてないわよ! 令嬢達からこんなにモテる義弟《おとうと》がいて私は鼻が高いわ!」

何を考えているのか全く分からない無表情のルディに、再びダラダラと嫌な汗が流れてくる。

もう一回ハンカチを使ってもいいかな?

「お茶会の準備と、俺が餌《えさ》になった報酬《ほうしゅう》はちゃんと貰いますよ」

それを言われると困る。

差し出された手の上に覚悟《かくご》を決めてハンカチを置くと、ルディは無言のままハンカチで私の汗を拭《ぬぐ》った。

こんな不格好な刺繡が付いたハンカチなんて、誰《だれ》も自分のために使いたくないよね。燃やす前にせめて一度でも使ってあげようという優《やさ》しさね。

ホントよくできた義弟で！

燃やすなら一思いに燃やしてくれ！　と意を決した私は暖炉の前を空けながらルディに言った。

「燃やすなら今のうちだよ」

ルディはハンカチを持ったまま無言で暖炉に向かった。まあルディが燃やすなら仕方ないよね。

自分なりには一生懸命《いっしょうけんめい》作ったのにという悲しみと、燃やされて当然の代物だよと納得《なっとく》する二つの感情が葛藤していると、火かき棒を操作する音が聞こえてきた。

「ハンカチは貰っていませんよ」

暖炉の火を弱めて立ち上がったルディが私と向き合った。

「俺にとっては、姉上の汗と血が染《し》み込んだこのハンカチの方に価値がありますから」

ルディの言葉に嬉《うれ》しさが込み上げてきた。

確かにバレないように最後に洗ったとはいえ、何度も針で刺《さ》して血まみれになってたし、汗はさっき拭いちゃったからね。

それにしても変態発言だな。この子、大丈夫《だいじょうぶ》か？


レアにお茶会の提案をした数日後、俺は殿下のもとを訪ねていた。

「お茶会？」

「はい」

俺が準備したお茶会の招待状を殿下に手渡《てわた》した。

そもそも殿下がレアに興味を持たなければこんな面倒《めんどう》なことをせずに済んだのだ。

生誕祭の夜会で、殿下がレアを王太子妃にしたがっているとレアから聞いた時は、心が穏《おだ》やかではいられなかった。もしレアが王太子妃になる返事を受けていたらと思うと、今でも心臓が止まりそうになる。だが肝心《かんじん》のレアは殿下に全く興味がなく、いい気味だと思った。振られたのだから早く諦《あきら》めて他《ほか》の女に目を向けて欲しい。

というわけで今回のお茶会は、レア曰《いわ》く野心家達の手紙の中でも、王太子妃になり得る令嬢を俺が厳選して集めたお茶会だ。

「何が狙《ねら》いなんだ？」

「姉上から殿下《でんか》の求婚《きゅうこん》をお断りしたと聞きました。そのお詫《わ》びも兼《か》ねての招待です」

「……まだ私は諦めてはいないよ」

遠回しにレアを諦めろと言ってみたがしつこいな。

「姉上には殿下との結婚の意思はありませんから」

「ルディウス。彼女は公爵令嬢だ。個人の意思がどうとかいう問題ではないのは分かるだろ？」

「政治的な観点を考慮《こうりょ》されるのでしたら、殿下こそもっと他の令嬢に目を向けられるべきでは？」

殿下から好戦的な視線を投げかけられたが無表情の俺にまで届かず途中《とちゅう》で鎮火《ちんか》した。

「参加しても俺の気持ちは変わらないよ」

この男に目を付けられたのが一番厄介《やっかい》かもしれない。

レアは殿下とセルトン伯爵令嬢を結ばせたがっているが俺としてはレア以外なら誰と結ばれてくれても構わない。しかしお茶会が実際に始まると令嬢達の標的は殿下だけじゃなく俺にまで降りかかってきた。レア一筋の俺に色目を使っても無駄《むだ》なのに……。どの令嬢も王太子妃《ひ》を目指して頑張《がんば》って欲しいところだ。

うんざりしてきたところでレアが会場にいないことに気付き、レアを捜《さが》しに屋敷《やしき》に戻《もど》ろうとするとセルトン伯爵令嬢が話しかけてきた。

「ルディウス様。これ、血で汚《よご》してしまったハンカチの代わりに新しいハンカチを用意しました」

差し出されたハンカチは、すぐに公爵家の紋章《もんしょう》だと分かるくらい立派な刺繍《ししゅう》が入っている。

「あまり上手ではないのですが使って頂けると嬉しいです」

彼女の人差し指には絆創膏《ばんそうこう》が貼《は》られている。きっとこのハンカチを差し出された人間は、一生懸命《いっしょうけんめい》刺繍してくれたと思える姿に感動するのだろう。

だが俺は知っている。

不格好でも沢山《たくさん》の絆創膏を手に貼りながらでも、俺のために一針一針頑張って刺繍してくれたハンカチを。難しい顔をしながら刺繍するレアの姿を思い出し、思わず口元が緩《ゆる》んだ。

「ルディウス様が喜んでくださって嬉しいです！」

喜ぶ？　この女は何を勘違《かんちが》いしているんだ。

「以前も話しましたがハンカチは姉上が作ってくれているのでいりません」

俺は女を残しその場を離《はな》れた。

その帰りに見たのは殿下と一緒《いっしょ》に会場に戻るレアの姿だった。

レアの沈《しず》んでいるような表情が気になり、レアの部屋に行って正解だった。

燃やされそうになっていたところを取り戻したハンカチを眺《なが》めながら、先程《さきほど》のレアの様子を思い出していた。

セルトン伯爵令嬢の話をした時、明らかにレアは拗《す》ねたような物言いになっていた。それに『嫉妬』という言葉にも過剰《かじょう》に反応していた。レアの中で俺に対しての気持ちの変化が表れ始めているのか？　いや……しかし相手はレアだし……。

火を弱めた後のレアのはにかんだような笑顔《えがお》が浮《う》かんできた。

レアが俺を好きだったら間違いなく抱《だ》きしめていた。レア、早く俺を好きになって。

俺はレアの代わりにレアから貰《もら》ったハンカチに口付けを落としたのだった。


お茶会から数日後。

一級品のティーカップが私の前に差し出された。目の前には可愛《かわい》く微笑《ほほえ》みながら座っているマリエットの姿。

私が今、お邪魔《じゃま》しているのはセルトン伯爵邸《はくしゃくてい》。なぜここにいるのかというと、マリエットがルディをどう想《おも》っているのかを聞き出すため訪問したのだ。

「先日はお茶会に誘《さそ》って頂きありがとうございました」

頭を下げようとするマリエットを制した。

「こちらこそ急な誘いだったにもかかわらず、参加してくれて感謝しているわ」

私は目の前に置いてあるお茶を一口含《ふく》み、心を落ち着かせてから口を開いた。

「その……先日のお茶会であなたがルディにハンカチを渡《わた》しているところを偶然《ぐうぜん》見てしまったのだけれど……なんだかとても良い雰囲気《ふんいき》でしたわね！」

ルディが好きなのか？　とはさすがに直球では聞けなかった。しかし次のマリエットの反応が全《すべ》てを物語っていた。

「そんな雰囲気でしたか？」

少し頰《ほお》を赤らめて恥《は》ずかしそうに目を伏《ふ》せるマリエットに、私の顔から血の気が引いた。

ルディウスルート確定！　原作にそんなルート無いですけど！

予想外の展開になったことで、今後の自分の身の振《ふ》り方をどうしたらよいものか考えていると、マリエットが言いづらそうに眉《まゆ》を寄せてうつむき加減で私を見た。

「ただ……一つ気になっているのですが、クラヴリー公爵令嬢《れいじょう》はルディウス様をいじめていらっしゃるのですか？」

お茶を噴《ふ》き出しそうになり耐《た》えた。

「えっと……どういう意味かしら？」

突然《とつぜん》の衝撃《しょうげき》発言に動じまくっている私の心とは裏腹に、努めて冷静に切り返した。

周りから見たら私ってルディをいじめているように見えるのだろうか？　それとも原作で私がルディウスをいじめていた内容は、原作通りになるように無理やり変換《へんかん》されてしまうとか？

「ルディウス様がクラヴリー公爵令嬢の話をする時はいつも緊張感《きんちょうかん》が漂《ただよ》っているので、もしかしたらお姉様を恐《おそ》れていらっしゃるのかもと思ったのです」

あの無表情のルディからそこまで感じ取れるとは……。長年一緒にいる私でさえ最近になってようやく少しだけ感情が読めるようになったくらいなのに。

マリエットのハンカチを見てわずかに口角を上げたルディの姿を思い出した。

そう……だよね……。ヒロインにだけは心を許している設定にしたのだから、気付いて当然と言えば当然なのか。次々と明かされるマリエットの衝撃的な言葉に、私は口の渇《かわ》きを感じた。

「それにルディウス様は、クラヴリー公爵令嬢とは家族ではないと仰《おっしゃ》っていましたから」

このマリエットの言葉に持ち上げかけたカップの手を止めた。

家族……ではない……？

私にはよく『姉ではない』と言うけれど、まさか他《ほか》の人にまでその話をしていたなんて。これじゃあ私と仲が悪いと思われても仕方がないじゃない。

ショックを隠《かく》し切れない私に、マリエットは咄嗟《とっさ》に口元を押さえた。

「ごめんなさい！　こんなお話、クラヴリー公爵令嬢にするべきではありませんでしたね。ルディウス様もきっとクラヴリー公爵令嬢には知られたくなかったと思いますから、今お話ししたことは内緒《ないしょ》にしておいてください」

もしかして私は自分が思っているよりもルディに嫌《きら》われているのだろうか？

セルトン伯爵邸からの帰り、馬車に揺《ゆ》られながら流れる景色を呆然《ぼうぜん》と眺めていた。

ルディに対する気持ちを確認《かくにん》するために訪問したのに、まさかルディが私をどう思っているかについて聞かされるとは……。そんなに嫌われるようなことしてたかな？

幼少の頃《ころ》にダンスで足を踏《ふ》みまくったことを根に持っているとか？　それともしつこく付き纏《まと》っていたのが嫌《いや》だったとか？　それとも……。心当たりがあり過ぎるな。

やはりルディに愛を与《あた》えられるのはヒロインだけなのかもしれない。そうなるとあと私にできることは、無関心な公爵や嫌味《いやみ》な母や嫌いな姉がいるこの悪環境《かんきょう》から抜《ぬ》け出せるように、ルディをあの家から解放してあげることかな。

流れる景色に映る街の人達は皆《みな》キラキラと輝《かがや》いて活気に満ちているように見える。

私も頑張ったんだけどな……。どんなに頑張っても結局、ルディの心は私には開かない。

目を閉じると堪《こら》えていた涙《なみだ》がポタリと零《こぼ》れ落ちた。


公爵邸に到着《とうちゃく》すると真っ先に出迎《でむか》えてくれたのはルディだった。

「姉上。どちらに行かれていたのですか？」

ルディの姿に、マリエットから聞いたことを問い詰《つ》めたくなったがなんとか堪えた。

今聞いても揉《も》めるだけだし、マリエットにも黙《だま》っていて欲しいと頼《たの》まれたから。

「別にどこに行ってようがルディには関係ないでしょ」

自分でも驚《おどろ》くほど冷たくなった口調に慌《あわ》てて言い直した。

「ほら！　この前のお茶会、初めてだったでしょ？　どうだったかな〜ってセルトン伯爵令嬢に感想を聞きに行っただけだから！」

無理やり明るく振《ふ》る舞《ま》って誤魔化《ごまか》したが、無表情のルディからは何も読み取れない。

やっぱりヒロイン以外にはこの義弟《おとうと》の本音を暴《あば》けないのかもしれない。

「何かあったのですか？」

屋敷《やしき》に入ろうとする私の後ろから、わずかだが心配そうな声音《こわね》が聞こえてきて振り返った。表情は全く変わらないが確かに今、声音には少しだけ優《やさ》しさが滲《にじ》んでいた。

「心配……してくれているの？」

ルディが口を開こうとした瞬間《しゅんかん》、耳障《みみざわ》りな声が屋敷の中から飛んできた。

「玄関先《げんかんさき》でお喋《しゃべ》りなんてみっともない。公爵令嬢である自覚を持ちなさい」

屋敷の方に顔を向けると扇子《せんす》をパチリと閉じながら、険しい顔つきをした母が立っていた。

この人は何かにつけて私を怒鳴《どな》りつけてくる。

「申し訳ありません、お母様」

「全く出来損《できそこ》ないのあなたは伯爵にそっくりだわ。こんな子が娘《むすめ》だなんて本当に恥ずかしい」

私もあなたみたいな嫌味しか言えない親に似なくて良かったわ。

原作での私は母に従順だったが、今の私は母が嫌いなルディとよく一緒《いっしょ》にいるということもあり、私に対しても当たりが強い。

「姉上を責めないでください。俺が引き留めたせいなんです」

ルディが口を挟《はさ》んだ瞬間、母の顔が不快そうに歪《ゆが》んだ。

「人の話に口を挟むなんて何様のつもりかしら。これは私と娘の問題なの。他人が口を挟まないで頂戴《ちょうだい》」

いくら嫌いだからと言ってもこれは言い過ぎだ。

「お母様！　口を慎《つつし》んでください！　ルディはこの公爵家の嫡男《ちゃくなん》なのですよ！」

「嫡男というだけで夫には相手にもされていないじゃない」

自分が公爵に愛されているからって調子に乗って！　公爵も何でこんな女が好きなんだろう？

「そんな軽はずみなことを言って、お父様に捨てられても知りませんから」

これ以上ルディに母の嫌味を聞かせたくないと思い、切り上げるつもりで言った言葉に母の体が怒《いか》りで震《ふる》えだした。

「あなたに何が分かるって言うのよ!!」

腕《うで》を振り上げる母の姿に、幼少期に受けた虐待《ぎゃくたい》を思い出し体が強張《こわば》った。母の腕を掴《つか》みたいのに体が動かない。

ぶたれる！

強く目を瞑《つぶ》ると「ビシッ！」と嫌な音が辺りに響《ひび》いた。が、痛く……ない？

恐る恐る目を開けると、私の前に立っていたのは母ではなく逞《たくま》しい背中だった。

ルディがどうして私の前にいるの？

「何を騒《さわ》いでいる」

何が起きたのか理解できずにいると、屋敷の中から威厳《いげん》のある声が聞こえてきた。

「あ……あなた……これは……」

しどろもどろになる母に代わって、ルディが現れた公爵に状況《じょうきょう》を説明した。

「公爵夫人が姉上を叩《たた》こうとされたのです」

次の瞬間「バシッ！」という激しい音とともに母が頬を押さえて床《ゆか》にへたり込んだ。

……え？　公爵《こうしゃく》が母を叩いた⁇　なんで？　愛しているんじゃないの？

「嫁入《よめい》り前の娘に傷を付けるつもりか」

怒鳴るわけでもなく、公爵は母を無表情で見据《みす》えた後、視線だけ私達に向けて冷やかな声で命じた。

「お前達は部屋に戻《もど》っていなさい」

こんな衝撃《しょうげき》的な行動の後でも声音も表情も変えない公爵に、ルディと公爵は間違《まちが》いなく親子だと改めて認識することになるなんて――。

ルディに促《うなが》されて二階に上がると、ルディが私の手を摑んだ。

「姉上。大丈夫《だいじょうぶ》ですか？」

聞かれて初めて気が付いた。自分が震えていることに。想像以上に母の虐待がトラウマになっていたようだ。

「大丈夫だよ。ちょっと驚いただけだから」

笑いながら顔を上げるとルディの頰《ほお》から血が流れ出ていた。

「ちょっと！　ルディ、血が流れてるじゃない！」

「ああ……」

頬を拭《ぬぐ》うルディの麗《うるわ》しい顔には切り傷ができていた。おそらく指輪か何かで引っかかれたのだろう。ルディの顔になんてことをしてくれたんだ！

「どうして叩かれたの？　ルディなら受け止められたでしょ？」

「腕を摑んでいたらまた面倒《めんどう》なことになりそうだったので」

確かに母に嫌われているルディが腕など摑んだ日には、『暴力だ！』と騒ぎかねない。

「だからって自分を傷付けてまで私を庇《かば》わなくても……」

痛々しいルディの頬に手を寄せると摑まれて頬を摺《す》り寄せてきた。

「自分が傷付くより姉上に傷が付く方が許せないので」

無表情なのにどこか真剣《しんけん》なルディの瞳《ひとみ》に、ドキリと心臓が動いた。

これは今、どういう状況でしょうか？　家族じゃないなんて言いながら表向きは仲良くしておこうという演技？　でも表向きだけで自分を犠牲《ぎせい》にしたりする？　いやでも私を油断させて殺すための罠《わな》かもしれないし？

もうルディが何を考えているのか全然分からない!!

「手当てする物を持ってくるから部屋で待ってて!!」

急に恥《は》ずかしくなり、ルディの手から手を抜くと救急箱を取りに駆《か》け出した。

後で気付いたが救急箱を取りに行くとか……これって使用人に頼めば済む話だよね？

ルディの部屋のソファーで頬の傷の手当てをしていると、不意にルディが呟《つぶや》いた。

「姉上。この家を出ませんか？」

えっと……それは私が邪魔《じゃま》ってことかな？

「今のような生活はできませんが、男爵位くらいなら買えるお金は持っているので、二人でこの家を出て一緒に暮らしませんか？」

爵位を……買う……。

「そうだわ！　その手があったじゃない!!」

突然《とつぜん》興奮気味に立ち上がり、座ったままのルディの両手を摑んだ。

「そうよ！　爵位を手に入れればいいんだわ！」

「え……ええ……ですから爵位を買おうと……」

「どうして気付かなかったのよ！　私のバカ！」

ルディの手を勢いよく振《ふ》り払《はら》った。

原作では特に使うこともなく設定していなかったのだが、公爵令嬢《れいじょう》としての教育を受けている時に授業でさらりと聞いた覚えがある。爵位は一般《いっぱん》人でもある方法を使えば手に入れられると。

その方法はお金で買うことと、功績を立てること！

爵位をお金で買ったりしたら、お金が無くなったルディは苦しい生活を強《し》いられてしまう。だけど王太子にも対抗《たいこう》できる力を持っているルディなら、原作で起こった事件を解決できるかもしれない！

「授業で聞いたことあるでしょ！　爵位を貰《もら》う方法！」

「ええ。ですからお金で買おうと……」

「お金で買う必要なんかない！」

「しかし爵位を貰えるほどの功績など、そうそう見つかりませんよ？」

「それがあるのよ！」

これは原作者の私だから知っている情報。しかも王家を揺《ゆ》るがす一大事件。これを解決すれば男爵位どころじゃなく、上流貴族だって夢じゃない！　ヒロインと王太子のラブロマンスはまたまたお預けになるけどね。

興奮気味にルディに迫《せま》ると、少しだけルディが体を逸《そ》らした。その頰にはわずかに赤みがさしている。あれ？　迫り過ぎて怖《こわ》がらせたかな？

気を取り直し、咳払《せきばら》いをしながら体を元の位置に戻した私はドヤ顔で人差し指を立てた。

「エドワール侯爵《こうしゃく》を調べるのよ」

「エドワール侯爵……ですか？」

娘《むすめ》の方は先日のお茶会の席でも原作とは違い、ヒロインをいじめることなく大人しくしていたから、没落《ぼつらく》に追い込むのは少し気が引けるけど……。

「そう。侯爵は他国から武器を密輸入して反乱を起こそうと企《くわだ》てているの」

何度も言うがこれはヒロインと王太子の距離《きょり》を縮めるために適当に考えた事件だ。

「侯爵が反乱……」

腑《ふ》に落ちなそうに呟くルディが気になった。ルディは顎《あご》に手を当てて考え込み始めた。

「何か問題でもあるの？」

「王族派の侯爵が反乱を起こす理由が分からなくて……」

……そんなの私も知りませんけど？　侯爵が王族派っていうのも今初めて知ったし。

私はただただヒロインと王太子の二人を盛り上げたかっただけですから。

立てた人差し指を仕舞《しま》いながら、私はルディに背を向けた。

「……それを調べるのがあなたの仕事よ」

王宮騎士《きし》であり賢《かしこ》いルディなら答えを導き出してくれるのではないかと、ルディにそれとなく丸投げしたのだ。

だって詳《くわ》しく聞かれても困るし……。

「それもそうですね」

受け止めてくれた⁉　君、素直《すなお》過ぎません⁉

驚《おどろ》いて思わず振り返ると、ルディは無表情のまま私を見据えた。

「しかし姉上はどこでその情報を？」

原作で私が適当に作りました。

「……どこか遠い所から来た風の噂《うわさ》で……」

めちゃくちゃ見つめてくるルディから視線を逸らすも内心は汗《あせ》だくだ。

これは絶対怪《あや》しんでいる。

しかしルディは追及《ついきゅう》することなく小さく溜息《ためいき》を吐《つ》いた。

「姉上の話が本当なら、爵位を貰う以前に防がなければいけない問題ですね」

内乱は他国に付け入る隙《すき》を与《あた》えてしまうから避《さ》けたいところだからね。

「分かりました。一度調べてみましょう」

「信じてくれるの？」

だってどこから来たかも分からない風の噂だよ？

「姉上を信じていますから」

先程《さきほど》まで胸の奥につかえていたモヤモヤが綺麗《きれい》に消え去ったのを感じた。

と同時に懺悔《ざんげ》の気持ちが芽生えた。

エドワール侯爵一家、今回も捨て駒《ごま》にしてごめんなさい……と。


数日後。自室で反乱を防ぐため事件の流れを書き留めていて、一つ気付いたことがあった。

これ、ルディに提案していなかったら内乱が起きていたんじゃないか？　ということである。

本来はヒロインをいじめたエドワール侯爵令嬢を王太子が調べたことで発覚する事件なのだが、いじめも起こっていなければヒロインと王太子の恋《こい》の予感も始まっていない。ということは、エドワール侯爵は何の邪魔も無く粛々《しゅくしゅく》と実行に移せるというわけだ……。

とりあえず動機や証拠《しょうこ》はルディに任せて、私にしかできないことをやろう。

それは原作者である私だから知っている、武器取引に使われている小屋の存在だ。

原作では偶然《ぐうぜん》ヒロインがその小屋を見つけて、ピンチに陥《おちい》ったところを王太子が助ける……ってそこはもういいんだけど、問題はその小屋がどこにあるかということだ。

ヒロインはお世話になっていた施設《しせつ》の施設長が亡《な》くなったという知らせを聞き、手向《たむ》ける花を取りに山に入るのだが、確かここで奥深い山の中に咲《さ》いた珍《めずら》しい花という設定にした気がする。だって武器取引が行われるような小屋が、すぐに見つかるような場所にあったらおかしいでしょ。だから奥深くまで探しに行って、道に迷って偶然小屋を発見する設定にしたはず。となると小屋がある場所はヒロインが必要としている花がある山になるのだが……山、多くない？

王都は周りを壁《かべ》で囲まれており、その中で街が栄えている状態だ。だが、その壁を一歩出れば周囲は広い平原とそれを囲む山々のみ。流通のため整備された道には多少馬車の往来はあるものの、この広大な土地から小さな山小屋を見つけろって？

嘆《なげ》いていても仕方がない。

葬式《そうしき》で手向ける花と言えば生前好きだった花を使用するはず。まずはヒロイン・マリエットの施設がどこかを突《つ》き止めることから始めねば！

部屋の扉《とびら》が叩《たた》かれ入室を促《うなが》すと、騎士の制服姿のルディが入ってきた。

お……おお……騎士服姿……いい……。

白い襟《えり》の青いジャケット。スラッとした黒いパンツに似合うブーツ。極《きわ》めつけは金の装《そう》飾《しょく》が付いたマント！　こんなにカッコいいなら原作でも騎士設定にしておけば良かった！

いやいや。原作の王子は王太子だし。

「姉上？」

見惚《みと》れていると手をひらひらと目の前でかざされた。

「騎士の制服着ているところを初めて見たから、なんだか新鮮《しんせん》ね」

「そうですか？　いつもと変わりませんが？」

あなたはね。

「それより何か分かったの？」

ルディをソファーに促すと、お茶を運んできた使用人を下がらせた。

ルディはお茶を一口飲んだあと口を開いた。

「ええ。姉上の聞いたという噂通り、エドワール侯爵は最近になり他国との交易を頻繁《ひんぱん》に行っていることが分かりました。購入履歴《こうにゅうりれき》を調べましたが、実際に購入したものが違《ちが》うなどの疑わしい点がいくつか見受けられます」

やはり密《ひそ》かに動いていたか。王太子殿下《でんか》が動かなくてもこれは原作通りに進むんだ。

「動機についてはまだはっきりとしたことが分かっていないので、分かり次第《しだい》報告します」

私は立ち上がり退室しようとするルディを呼び止めた。

「ねぇ。セルトン伯爵令嬢《はくしやくれいじよう》の育った施設ってどこか知ってる？」

私が声をかけるとルディは振《ふ》り返り、一拍《いつぱく》置いて返事をした。

「……光の家です」

一応聞いてみただけのつもりが、まさか知っているとは思わず目を見開いた。

やっぱりルディはマリエットのこと……。

「以前、殿下が調べろと命令してきたので、仕方なく調べて知っているだけですから」

調べたのルディだったんかい！　そりゃあ夜会の時には名前知ってたわけだわ！

それにしても光の家って確か……。

「光の家ってことは、施設長は教会から派遣《はけん》された修道女？」

「そうなりますね」

光の家は普通《ふつう》の施設とは少し違い、複雑な事情がある施設だ。この施設の子ども達は全員、犯罪者によって親を殺された子ども達になる。つまりマリエットも……。

施設育ちとしか設定していなかったのに、色々複雑になってきたな。

でもこれで花については絞《しぼ》れたかも。この世界の葬式の常識として貴族には色とりどりの豪華《ごうか》な花、平民には生前好きだった花。そして教会関係者には……白い百合《ゆり》の花。

この辺りに生息する珍しい白い百合の花がある場所を突き止めれば。

考え込んでいると、いつの間にかルディが隣《となり》まで来ており手を握《にぎ》られた。

「一つだけ約束してください。無謀《むぼう》なことはしないと。もし何かをするなら必ず俺に相談してください」

そう言われましても、なぜ小屋で武器取引が行われていることを知っているのか尋《たず》ねられても答えられないから、ルディには助けを求められないよ。

だって……私が適当に決めた設定ですから。


翌日。早速《さっそく》街の花屋に情報収集に訪《おとず》れた。

「あら？　レリアちゃん？　今日は花が欲しい日じゃないでしょ？」

「今日はちょっと聞きたいことがあって来たの」

実はここの花屋の店主とは九歳の頃《ころ》からの知り合いなのだ。毎年二回、亡くなった父の命日とルディの誕生日にこの花屋で花を買っているからだ。街に出る時はいつも一人で平民の娘《むすめ》の格好をして遊びにきているから、私が公爵令嬢であるということは誰《だれ》も知らない。

だって世間のイメージって、貴族令嬢相手に粗相《そそう》をしたら罰《ばっ》せられると思われているから、令嬢って分かると親しくしてもらえなくなっちゃう。

「それで聞きたいことって何だい？」

店主は花の手入れをしながら私に尋ねた。

「実はね、この辺りの山で珍しい百合の花を探しているの」

「ああ、それなら聞いたことがあるね」

私の質問に店主は、ふと何かを思い出したように答えてくれた。

「王冠《おうかん》百合って呼ばれる珍しい百合が咲いている山があるって話を聞いたことがあるよ」

「王冠百合？」

「なんでも標高の高い山に咲いている白い大きな百合だとか」

奥深い山に咲いている珍しい白い百合……。

それだ!!

私は花屋の店主に地図を描《か》いてもらい、後日山に向かうことにした。

店主に山を教えてもらってから二日後。山に登る準備を整えて屋敷《やしき》を出た。公爵家の馬車で行くと、とても面倒《めんどう》なことになるのが分かっていた私は、街の乗り合いの馬車に乗り、山の手前で下ろしてもらった。

服装も山登りができるように髪《かみ》を束ねた軽装のパンツ姿。ルディが暴走した時用に準備していた防犯グッズも多数携《たずさ》えて、気合を入れて山を登り始めた。

数時間後……。

「一体ここはどこなのよ――――!!」

太陽が傾《かたむ》くと先程《さきほど》まで心地《ここち》の好《よ》かった木漏《こも》れ日が消え、辺りは不気味な暗さが漂《ただよ》い始めた。道らしい道はなくどこを歩いて来たのかも分からない状態だ。

でも、ヒロインだって道に迷ったから小屋を発見したんだ！　だったらこれは好機！　ここで動かずしてなんとする！

気合を入れ直した私は、再び歩みを進めた。

辺りはすっかり暗くなり、フクロウさんの鳴き声が深い森を連想させる。

気力も体力も底を突《つ》き、その場に座り込み空を見上げると、月が優《やさ》しい光を放っていた。

そうそう都合よくは見つからないよね……私、ヒロインじゃないし。

ルディは手紙を受け取ってくれたかな？　何かあれば相談しろって言われたから、街の配達人に手紙を渡《わた》して、山の場所も伝えてもらえるようお願いはしておいたけど……。

ちゃんと相談したのだからこれでルディには怒《おこ》られないよね？

最近のルディは、以前よりも私を気遣《きづか》ってくれている感じはする。以前なら私が人攫《ひとさら》いに攫われそうになっていても見ているだけだったかもしれないし、私を庇《かば》って叩かれたりもしなかったと思う。

ただルディの本心はどうなのかは分からない。

爵位を貰《もら》って家族と離《はな》れられれば、少しはルディも幸せになれるのかな？

よし！　もう少し頑張《がんば》ってみるか！

手を叩いて立ち上がると、ユラリと暗い森には似つかわしくない灯《あか》りが目の端《はし》に映った。

あれは……ランプの灯り？

自分の位置からはかなり遠いがここは暗い森の中。明るい光はよく目立つ。

もしかして助けが来たとか？

それにしては灯りの数がおかしい。捜《さが》し人の捜索《そうさく》ならば大人数で動くはず。それなのにあの灯りは明らかに一つ。

だとすると……！

音を立てないように静かに動く灯りの後を追った。

開けた場所に到着《とうちゃく》すると、小屋が立っており、その小屋の窓から薄《うっす》らと光が漏《も》れていた。

探し求めていた武器取引が行われる小屋が今、目の前に！

原作で迷子になったヒロインはきっとこの小屋に救われたのだろう。だって私も助けではないけどホッとしているから。

こっそりと窓から中を覗《のぞ》くと、タイミングがいいのか悪いのか、まさに武器取引が行われている現場に鉢合《はちあ》わせした。中ではフードを外したエドワール侯爵《こうしゃく》と商人らしき男が、テーブルに置かれた大きな木の箱の中身を確認《かくにん》しているところだった。箱の形状からも武器が入っていてもおかしくない。周囲には商人と侯爵の部下らしき男達が数人確認できた。

箱の中身を確認したくて首を伸《の》ばした瞬間《しゅんかん》だった。

ゴツン！　と何かが壁《かべ》に当たり私の横で落ちた。

石？

落ちた物を確認していると『誰だ!?』と中から男達の騒《さわ》ぐ声がして慌《あわ》てて立ち上がった。

ヤバい！　逃《に》げなきゃ!!

暗い森に向かって走り出す私の後ろ姿を見た男達は慌てて追いかけて来た。

ここで捕《つか》まったら間違《まちが》いなく殺される！

全速力で山を駆《か》け下りるも徐々《じょじょ》に男達との距離《きょり》が縮まっていく。

何とかしないと！

バッグの中身を探《さぐ》り、防犯グッズを漁《あさ》った。

大人数を撃退《げきたい》するには……。

取り出したブツに一瞬躊躇《ためら》った。これ、失敗すると自滅《じめつ》するからな……。

走りながら風向きを確認し、相手が風下になるように誘導《ゆうどう》すると持っていたブツを投げた。

「食《く》らえ！　唐辛子《とうがらし》爆弾《ばくだん》!!」

一番近くまで来ていた男に向かって勢いよく投げつけると卵の殻《から》が割れ、中から真っ赤な粉が風に乗って広範囲《こうはんい》に広がった。先頭集団は唐辛子爆弾に目と喉《のど》をやられてもがいている。

よしっ！　大量の唐辛子を仕入れるのにお世話になっている青果店のおじさんに『レリアちゃん、そんなに唐辛子買って……食用じゃないよね？　防虫剤《ざい》でも作るのかい？』って言われた甲斐《かい》があった！

ガッツポーズも束《つか》の間。先頭集団を避《よ》けて後ろから次の男が追いかけてきた。粉が舞《ま》っているところを走りなさいよ！　大回りして横にずれるとか卑怯《ひきょう》だぞ！　唐辛子爆弾はもう品切れですから！

次のグッズを漁っていると、追い付いた男が私の束ねていた髪を引っ張った。

「手間を取らせやがって」

後ろに引かれて倒《たお》れた私を男は髪を引っ張ったまま得意気に見つめた後、さらに後ろから追って来る男達に捕まえた報告をしていた。

殺されてたまるか!!

死ぬよりはマシだと、私は防犯グッズの短刀を取り出すと、切りやすいように自分の髪を張り、刃《は》を髪に当てて切り落とした。

良かった！　毎晩しっかり短刀を研《と》いでおいて！

ニヤニヤしながら短刀を研いでいたから、ルディには訝《いぶか》しそうに見られていたけど。たぶんイメージ的に鬼婆《おにばば》のように見えていたのかも……。

突然抵抗《とつぜんていこう》が無くなりバランスを崩《くず》した男を押し倒すと、再び立ち上がり走り出した。

少し走ると木々の奥に開けた場所が見えてきた。

もしかして平地に出た⁉　平地に出れば王都に向かう馬車などが走っている。助けを求めれば！

最後の気力を振《ふ》り絞《しぼ》り開けた場所に出て愕然《がくぜん》とした。

「どうやらここまでのようだな」

息を切らしながら振り返ると、同じく息を切らしながら膝《ひざ》に手を突き、汗《あせ》を拭《ぬぐ》うエドワール侯爵が部下達を携えて来ていた。数人ボロボロと涙《なみだ》を流している部下達はきっと唐辛子爆弾の餌食《えじき》になった方達だろう。

部下達の様子に苦笑いを浮《う》かべている私を見たエドワール侯爵は、目を見開いた。

「お前はクラヴリー公爵令嬢《れいじょう》⁉　お前がなぜここにいる⁉」

返事をしないまま後ろに視線を向けた。私の後ろは底が見えない崖《がけ》。

どちらにしても死ぬならここから落ちてみる？　最悪川が流れていれば生きられるかも……無理かな？

「誰《だれ》の命令でここにいる？」

銃《じゅう》を取り出した侯爵は、銃口を私に向けた。銃の存在は珍《めずら》しく、この国での製造はまだ行われていないはず。それを持っているということは、武器の密輸をしていた確たる証拠《しょうこ》になる。銃に視線を向けながら考え込んでいる私に、侯爵は銃を知らないから私が怖《こわ》がっていないと思ったのか不敵に笑った。

「これが何か分からないようだな」

私を怖がらせるように侯爵は銃を一発、私の足元に撃《う》ち放つと、大きな音に怯《おび》えた鳥たちが一斉《いっせい》に空に飛び去った。

「今、そこの地面に穴が開いただろう。この武器を使えば、離れた位置からでも簡単にお前の心臓に穴を開けられるってわけだ」

ドヤ顔で事細かに説明してくれたけど、全く驚《おどろ》かないから。だって銃ってそういう武器だし。それとも誰かに自慢《じまん》したかったのかな？　新しいおもちゃに喜ぶ子どもか！

カチャリと再び私に銃口を向けてきた。

「穴を開けられたくなかったら言え！　誰の命令だ！」

侯爵が声を荒《あら》らげた瞬間、侯爵の後ろでヘラヘラと笑っていた男達がうめき声を上げて倒れだした。

「なんだ⁉」

後ろの異変に気付いた侯爵は、銃を構えながら周囲を警戒《けいかい》した。

「ぐあああああ!!」

すると突然、侯爵が叫《さけ》び声を上げたかと思ったら風が吹《ふ》き、私の目の前に、金の装飾《そうしょく》に騎士《きし》団の紋章《もんしょう》がついた青いマントがはためいた。その見たことのあるマントに胸の高鳴りを感じた。

「手が……手があぁぁぁ!!」

地面にうずくまる侯爵の手は真っ赤に染まり、地面にはボタボタと血が流れ落ちている。

切られたの?

顔を上げると月夜に照らされて光り輝《かがや》く黒い髪《かみ》。ルディが……来てくれた……? 頼《たの》もしい後ろ姿に緊張《きんちょう》の糸が解け、涙が込み上げてきた。ルディは私を捜しに来てくれないかもしれないという不安はあった。だけどルディは来てくれた。この険しく深い山の中を、私を捜すために。自然とルディへ手を伸ばし……。

「……姉上、約束を破りましたね」

冷たいルディの声音《こわね》に感動が一気に凍《こお》り付き、伸ばしかけていた手を引っ込めた。

何か怒《おこ》っていらっしゃいますか？　少し体をずらしてルディの横顔を窺《うかが》うと、感情が抜《ぬ》け落ちたような冷淡《れいたん》な顔のルディが侯爵を見つめていた。

侯爵よりルディの方が怖いんですけど！　ここから飛び降りた方がまだ色んな意味で生

きられる可能性が……。

「姉上。無謀《むぼう》なことはしないと約束しましたよね」

「はいぃ!!」

崖下を覗《のぞ》き込んでいた私に低く冷たい声がかけられ、震《ふる》え上がりながらビシリと姿勢を正した。

無謀なことはしませんから、どうかその怒《いか》りを鎮《しず》めてください！

拝む私を無視してルディはゆっくり侯爵に歩み寄ると、侯爵の手前に落ちている銃に剣《けん》を突《つ》き刺《さ》した。

ルディの背中から溢《あふ》れ出る迫力《はくりょく》がこちらにまで伝わってきて、私まで恐怖《きょうふ》で体が震えた。

「エドワール侯爵。観念して投降しろ」

「くっ……くそ!!」

エドワール侯爵は恐怖と悔《くや》しさで顔を歪《ゆが》ませた。

この子……怖い……。私が殺される時もこんな感じなの？

いい加減この空気に耐《た》えられなくなってきたところで、複数の足音が近付いてきた。

まさか敵の増援《ぞうえん》!?

しかし最初に姿を見せたのは……。

「ルディウス！　お前速すぎるから！」

え？　なんで王太子殿下《でんか》まで来てるの⁇

殿下も後ろの騎士達も汗だくの息切れ状態。

ルディが現れた時、息なんか切らしてなかったよね？

ルディの超人《ちょうじん》ぶりに再び震え上がった。

この子の戦闘《せんとう》力ってどこまで上がっているの⁉

「良かった。レリア嬢、無事だったんだね」

息を整えた殿下が微笑《ほほえ》みながら私に歩み寄った。なんて素敵《すてき》な笑顔《えがお》。まさに地獄《じごく》に仏とはこのことを言うのか。殿下の優《やさ》しさに緊張の糸が緩《ゆる》みそうになっていた私の糸が、ルディの一言で再び張りつめた。

「殿下はそこに落ちているゴミ虫の対応をお願いします」

上司である王太子に命令しちゃダメでしょ！　しかもまた人を虫扱《あつか》いしてるうえに、落ちているゴミまで追加されてる⁉

「お前の優先順位は本当に分かりやすいな」

殿下はルディに命令されても気にしていない様子で、苦笑いを浮かべながら侯爵《こうしゃく》のもとへと去って行ってしまった。

私の仏がぁ‼　行かないでぇ‼

心の声が動きに表れていたのか、去り行く殿下に手を伸《の》ばすとルディが振り返った。

咄嗟《とっさ》に手を引き誤魔化《ごまか》すためヘラッと笑ってみせるも、ルディの物言わぬ無表情が私の心を見透《みす》かしていそうで……怖い。

でもそも怒られる理由が分からない！　怒っているのかどうかも無表情過ぎて分からないが……。

ルディの顔色を窺っていると、着けていたマントを私にかけてくれた。

「失礼します」

私の体を包み込んだマントから漂《ただよ》う良い匂《にお》いに安らぎを感じていると、ルディは私の背中と足に手を回し私を持ち上げた。

人生初のお姫様抱《ひめさまだ》っこに興奮するより恐怖した。

まさか崖下に投げ落とす気じゃないよね!?

しかしルディは崖に背を向けると山を下り始めた。

え？　このまま山を下りる気なの？

「山を下りるくらいなら歩けるよ？」

確かに必死に追っ手から逃《に》げてたから靴擦《くつず》れやら疲労《ひろう》やらで足が痛いのは認めるけど、もうひと踏《ふ》ん張りだと思えば耐えられない痛さではない。

「俺との約束を破ったのですから黙《だま》って俺に従ってください」

約束を破った覚えはないけど？　結局崖から飛び降りてもいないし、ちゃんと前もってルディに手紙で伝えておいたし。もしかして手紙が届いていなかった？

「手紙、読んでない？」

「読みましたよ。あれを相談だと思っているのでしたら大間違《おおまちが》いです。あれは事後報告というものです」

私だって小屋だけ見つけて帰るつもりだったから、まさかこんな大事《おおごと》になるとは思っていなかったよ。

「そんなに俺は頼《たよ》りないですか？」

ルディの言葉に首を傾《かし》げた。

「ルディが頼りない？　むしろ侯爵の証拠と動機をルディなら絶対に摑《つか》んでくれるって信じていたから、私も自分ができることをしようって動いただけだよ」

そうだ。ルディがいなければきっとエドワール侯爵を捕《と》らえることはできなかっただろう。だって私の証言だけでは潰《つぶ》されるのがおちだろうし、小屋を私に発見されたと分かった時点で、武器も全《すべ》て移動しただろうから。もしくは口封《くちふう》じに消されていたか……ご自慢の銃《じゅう》で。

それを考えたら私、ルディに助けられっぱなしだな。

自分の不甲斐《ふがい》なさを反省していると、頭にルディが助けに来てくれた時の後ろ姿が浮《う》かび上がり、顔が紅潮した。あの登場の仕方は反則だよ。あんな風に助けられたら誰《だれ》だって勘違《かんちが》いしたくなるじゃない……。まあ、それも一瞬《いっしゅん》だったけど。

「ルディ、ありがとう。ルディが助けてくれなかったら私、死んでたかも」

冗談《じょうだん》交じりで笑いかけるとルディが唇《くちびる》を噛《か》んだ。

「結局、俺は間に合いませんでした……」

え？　もしかして私、死んでる？　ここにいる私は幽霊《ゆうれい》？

「姉上の大事な髪を守れなかった……」

かみ？　え？　髪!?

「いやいやいや！　髪くらいまた生えてくるし！」

「どこのどいつですか？　姉上の髪を切った奴《やつ》は」

「それ聞いてどうするの……？」

「一人くらいいなくなっても問題ありませんから」

なんでこの子、私の髪くらいで物騒《ぶっそう》なこと考えてるの!?

「これ！　自分で切ったの！　走りにくかったから!!」

「ではそんなことをさせた奴等《やつら》全員ですね」

「怒ってくれるのはとても嬉《うれ》しいんだけど、それで人消されちゃったらお姉ちゃん悲しいかな～……」

ルディがここまで姉想《おも》いな子だったのには感激だが、簡単に人を消そうとする発想は止《や》めて欲しい。でもこんなに怒ってくれているのに、なんでルディは私を家族じゃないなんて言うんだろう？

「分かりました。では奴等の髪《かみ》も、姉上と同じようにむしるだけにしておきましょう」

私の髪、むしられてないよね？

頭を触《さわ》りながら禿《は》げた箇所《かしょ》がないか念入りに確認《かくにん》していると、初めて見たルディの怖《こわ》い笑みに硬直《こうちょく》した。

「裁判が見物《みもの》ですね。今から楽しみです」

きっと裁判では髪をむしり取られた悪党達が大集合するんだろうな……。

それにしてもなんでこんなに髪に対してこだわっているんだろう？　やっぱりあれかな？

妥協《だきょう》しない男は、助けるのも完璧《かんぺき》じゃないと気が済まないとかいうことなのだろうか？

帰り道。馬車に揺《ゆ》られているうちにいつの間にか眠《ねむ》ってしまった。

足に痛みを感じて身じろぐとルディの気遣《きづか》う声が聞こえてきた。こんな優しい声音《こわね》も出せるんだ。ああそうか。これは夢だからか。

薄《うっす》らと目を開けるとルディの端整《たんせい》な顔が近くにあり、額に柔《やわ》らかい何かが触《ふ》れた。

「おやすみなさい。俺のレア」

……。

え⁉

ガバリと起き上がるもそこにルディの姿はなかった。あれ？　私、いつ部屋に戻《もど》ったのだろうか？　自室のベッドの上にいることに戸惑《とまど》いながら、濡《ぬ》れた感触《かんしょく》が残る額に触れた。

今、確かにルディが目の前にいた。それに『レア』は私の愛称《あいしょう》だ。

今のは夢？　現実？

レアからエドワール侯爵が内乱を起こそうとしていると聞かされた翌日、早速《さっそく》エドワール侯爵について調べていた。

レアが実母に叩《たた》かれそうになった日、俺はこれ以上レアをあの悪質な環境《かんきょう》にいさせたくないと思っていた。なかでも一番の問題はレアの実母ではなく父の方だ。父がレアの実母を叩いたのは、おそらくレアを王太子妃《ひ》にしようと画策しているから、レアの顔に傷がつくような行動をしようとした公爵夫人に激怒《げきど》したのだろう。今のところ俺が目を光らせているから父は表立って動けてはいないが、このままこの公爵家にいたのでは時間の問題だ。

そう思い提案した爵位授与《じゅよ》の話だったが……。

俺は溜息《ためいき》を吐《つ》いた。功績を得られる案があると興奮したレアに迫《せま》られた時はさすがに動《どう》揺《よう》した。あの顔は危険だ。他《ほか》の男にしないよう見張りを強化しないと……特に殿下《でんか》周辺は。

気を取り直して、王宮の書庫でエドワール侯爵の購入《こうにゅう》記録を取り出した。

侯爵は他国で人気の装飾《そうしょく》品を定期的に購入している。これらは今、この国でも人気が出始めており一見人気を先取りしているようにも見える。だがこの前のお茶会でエドワール侯爵令嬢《こうしゃくれいじょう》が身に着けていた装飾品は、今この国で人気が最高潮に達している装飾品だった。誰《だれ》よりも人気を先取りしたい立場の人間が、人気の出始めた装飾品を買ったという話を一切《いっさい》しなかったことには疑問が残る。しかも他の令嬢の装飾品を王太子が褒《ほ》めた時も話題に出さなかったのは不自然だ。だとしたらこの装飾品が武器に化けている可能性がある。

次に調べ始めたのは、エドワール侯爵の目的についてだ。

現エドワール侯爵の経歴を調べていると、侯爵には現王の婚約者《こんやくしゃ》候補だった妹がいたことが判明した。だがその妹は現王の婚約者候補だったこと以外一切名前が出てこない。

貴族令嬢として生きていれば必ずどこかに痕跡《こんせき》は残る。それがないということは存在を消したか……亡《な》くなっているか。だが亡くなっているなら亡くなった時の記録が残るはず。

考えながら王宮の回廊《かいろう》を歩いていると、前から殿下が歩いてきた。

「捜《さが》したんだぞ。どこに行っていたんだ？」

この際、報告がてら直接聞いてみるか？　これだけ綺麗《きれい》に消えているということは、王家にとっても知られたくない何かがあったのかもしれない。

報告したいことがあると告げると執務室《しつむ》へ通され、早速調べたことについて話をした。

「動機はおそらく、エドワール侯爵の妹に関係していると思われます」

話し終えた時、殿下は閉じていた目をゆっくりと開き、驚《おどろ》くべき真相を話し始めた。


エドワール侯爵が侯爵になる前の話だ。妹が現王の婚約者候補にあがり何度か王宮に招かれた帰り、馬車が何者かに襲《おそ》われて妹は命を落とした。

それに怒《おこ》った前エドワール侯爵は、もう一人の婚約者候補だった伯爵《はくしゃく》令嬢を犯人と疑い、娘《むすめ》を無事に帰さなかった王家の責任問題を追及《ついきゅう》した。しかし伯爵令嬢が犯人であるという十分な証拠《しょうこ》もなく、護衛を付けなかったエドワール侯爵にも責任があるとし敗訴《はいそ》。

その後、王家の調べでエドワール侯爵の妹を亡き者にしたのは、隣国《りんごく》の刺客《しかく》だと判明するも、隣国との戦争を避《さ》けたかった王の判断で、この事件は密《ひそ》かに抹消《まっしょう》された。


この話を聞く限り、資産もあり、内乱も起こせるだけの力があるエドワール侯爵家を駒《こま》にするために隣国が仕組んだ可能性が高い。レアが他国から武器を密輸入していると言っていたことを考えても、事実を知らないエドワール侯爵は今も隣国に利用されているのかもしれない。

一通り話を聞いて全てが繋《つな》がってきたところで執務室の扉《とびら》が叩かれ、近衛《このえ》兵が入ってきた。

「今、大事な話の最中だ。緊急《きんきゅう》でなければ後にしろ」

「申し訳ありません、殿下。しかし至急ルディウス様宛《あて》の手紙を渡《わた》して、クラヴリー公爵令嬢の居場所に案内したいという者が――」

近衛兵が言い終わる前に俺は立ち上がると、近衛兵から手紙を奪《うば》い取った。

中を確認して体が震《ふる》えた。

『ルディへ
武器の取引現場の小屋が見つかりそうだから山登りしてくるね。

夜までに戻らなかったら迷子になっているかもしれないから、助けに来てくれると嬉しいな。

レリア』

「この手紙を持ってきた奴は何処《どこ》にいる!?」

声を荒《あら》らげて近衛兵に摑《つか》みかかった。

「ルディウス！　落ち着け！　手紙には何が書いてあったんだ!?」

「レアが武器の取引現場に向かったと……！」

胸倉《むなぐら》を摑む手を強めると、近衛兵は苦しそうに声を発した。

「じょ……城門前に……」

俺は近衛兵を突《つ》き飛ばすと、止める殿下の言葉を無視して急いで城門へと向かった。

レアを危機から助け出した帰り、馬車の中で舟《ふね》を漕《こ》いでいるレアの隣《となり》に座りレアを自分に寄りかからせた。

短くなった髪が俺の肩《かた》にかかる。髪が短くなる原因を作った悪党どもに再び怒《いか》りが沸《わ》き起こり、ギリッと奥場を噛《か》みしめた。この報《むく》いは必ず受けさせてやる。

怒りで心が荒《すさ》んでいると「んっ……」とレアが小さく唸《うな》った。

レアの顔にかかる髪をどかしてあげようとレアの頰《ほお》に触れると、幸せそうに頰を緩《ゆる》ませたレアの表情に冷え切っていた心が溶《と》かされていく。

大きな音が森に響《ひび》いた時は心臓が止まるかと思った。

もしレアが殺されていたら、俺はあの場の全員と共に自分の命も絶っていただろう。

レアは大袈裟《おおげさ》だと笑うかもしれないが、それくらいレアは俺の全《すべ》てなんだ。

温かいレアの手を持ち上げるとそっと口付けた。

屋敷《やしき》に到着《とうちゃく》すると眠るレアを抱《だ》き上げ部屋まで運んだ。

靴《くつ》を脱《ぬ》がせると靴擦《くつず》れを起こしており、足も赤く腫《は》れあがり痛々しい様相をしている。

レアを起こさないように足を洗い包帯を巻いていると、痛かったのかレアが身じろいだ。

「頑張《がんば》りましたね。もう少しですよ」

声をかけると安心したのか再び寝息《ねいき》を立てた。

その姿が可愛《かわい》くて抑《おさ》えきれなくなった俺は、そっと眠るレアの額に口付けた。

「おやすみなさい。俺のレア」

いつかレアの全てを俺のものにすると誓《ちか》いながら。


翌日。寝不足状態の私は、足の痛みも相まってベッドの上で過ごす羽目になった。

そんな私の部屋を訪ねてきたルディは、突然《とつぜん》私を抱きかかえた。

「ちょ……ちょっと、ルディ!?」

状況《じょうきょう》が分からず困惑《こんわく》しているとルディは無表情のまま私を浴室へと運んだ。

「昨日は応急的に足の処置をしましたが、綺麗に洗い流した方がいいと思うので湯浴《ゆあ》みをしてください」

「え？　この足、ルディがしてくれたの？」

「はい」

じゃあ昨日あの夢で足が痛かったのは……。

ルディを見上げるも安定の無表情。

……やっぱり夢だよね。どう考えてもこのルディから『俺のレア』とか想像できないし。

浴室の椅子《いす》に私を座らせると、ルディは私の短くなった髪《かみ》を一房《ひとふさ》持ち上げた。

「湯浴みが終わったら髪を整えましょう。俺が綺麗にしますから」

え？　ルディが切るの？　首ちょん切られたりしないよね？

若干《じゃっかん》の不安を残しつつ、ルディは入浴の準備をしていた使用人に指示を出し退室した。

でもこれでルディは爵位を貰《もら》ったも同然ね。王太子と親密になれなかったヒロインは王宮に住めなくはなったけど……。あれ？　そういえば王宮でも何か問題があったような……？　確かヒロインと王太子の絆《きずな》をもっと深めようとして……あ!?

間違《まちが》いない！　原作通りなら数日後……暗殺者がやってくる!!


屋敷が静まり返った夜。

ベランダの扉が静かに開き、夜風が不気味に部屋を吹《ふ》き抜《ぬ》け短くなった髪が風でなびく。

音を立てずに近付いてくる侵入者《しんにゅうしゃ》に息を潜《ひそ》めた。

侵入者の手が伸《の》びた瞬間《しゅんかん》！

ここだ!!

被《かぶ》っていた布団《ふとん》を侵入者に浴びせるも冷静に布団を片手で弾《はじ》いてきた。

だけどこれで終わりと思うなよ！

侵入者の顔が布団から出た一瞬を狙《ねら》って私は持っていた瓶《びん》のレバーを押した。

すると赤い霧状《きりじょう》の物が侵入者の顔目がけて噴霧《ふんむ》された。

「うっ!!」

予想外の抵抗《ていこう》にたまらず侵入者は後ろに飛び退《の》いた。

そりゃそうだ！　これは唐辛子《とうがらし》爆弾《ばくだん》を改良したその名も『唐辛子スプレー』である！

ただしワンプッシュ一名様に限る。

「あんたが来るのは分かっていたのよ！　暗殺者、テネーブル！」

痛みでもがく暗殺者のフードが外れると、茶色の癖毛《くせげ》の短髪《たんぱつ》が月の光の下に晒《さら》された。

口元を黒い布で隠《かく》しているが、見た感じは私より少し年上の青年だ。タートルネックのシャツの上にフード付きのジャケットを羽織ったパンツ姿の暗殺者は、猫《ねこ》のように背を丸めベランダ付近に着地し、警戒《けいかい》するように私を見据《みす》えた。彼の猫目のような目からは、ボロボロと涙《なみだ》が流れ落ちている。その姿になんだか私がいじめているような気分になった。相手は私を殺そうとしているのに……。

「姉上!?」

廊下《ろうか》でルディが私の部屋の扉を叩《たた》いている。

え!?　なんでルディが私の部屋の前にいるの!?

「早く逃《に》げなさい！」

「なに？」

テネーブルを逃がそうとする私の言葉に驚いた彼が声を発した。

「どうせあなたを捕《つか》まえたってすぐに牢《ろう》からいなくなるのでしょ。だったら雇《やと》い主にでも伝言を頼《たの》んだ方がよっぽど有意義だわ」

全てを見破られたことに動揺《どうよう》したのか、テネーブルの表情が一瞬揺《ゆ》らいだ。私からしたらルディより分かりやすくて助かるわ。

「雇い主に伝えなさい。無駄《むだ》な抵抗は止《や》めて、死にたくなければ大人しくしていなさい！ってね」

なんか私、刑事《けいじ》みたい。

暗殺者はそのまま二階にある私の部屋のベランダから颯爽《さっそう》と出て行った。

扉《とびら》の外の義弟《おとうと》にはなんて説明しようかな……と考えがまとまらないうちに激しい音と共に扉が変な角度に揺れた。

え？　えええええ……⁉　扉、突き破ったの⁉

「何があったのですか？」

部屋の状況を見て騎士《きし》服姿のルディの眉間《みけん》にわずかな皺《しわ》が寄った。

「えっと……害虫は撃退《げきたい》したから大丈夫《だいじょうぶ》‼」

ルディに散々注意したのに私が人を虫扱《あつか》いしちゃった。

「害虫はベランダから逃げたのですね」

え？　私、人って言ってませんけど？

ルディは無表情のままベランダへと向かった。

「ルディ？　相手は虫だよ？」

「ええ。デカい害虫のようですね」

それだけ言うと、ルディは颯爽とベランダから飛び降り走り出した。

追いかける気なの⁉

エドワール侯爵《こうしゃく》に対し、容赦《ようしゃ》のなかったルディの姿を思い出した。

あの時は王太子の登場で事なきを得たけど、殿下《でんか》の登場がもう少し遅《おそ》かったらどうなっていたか分からない……まさか追いかけてって殺したりしないよね⁉

まずいって！　依頼《いらい》主のもとに向かったテネーブルを追いかけたら、ルディと暗殺者と依頼主の鉢合《はちあ》わせじゃん‼　裁くなら正当な手段で裁かないと！

慌《あわ》てて馬小屋に向かうと馬にまたがり走り出した。

ルディから逃げるための手段として、彼に見つからないように、彼の留守中にこっそり学んだ乗馬だったけど、こんなところで役に立つとは。

向かう先はもちろん……エドワール侯爵邸《てい》である。

そう。今回の暗殺はエドワール侯爵を捕《と》らえた逆恨《さかうら》みによる、エドワール侯爵令嬢《れいじょう》の起こした事件なのだ。侯爵が捕らえられたことを知った令嬢は、なぜ父が捕まったのかを調べた結果、その裏にヒロインの存在があることを知るのだ。そして父が捕まるきっかけになったヒロインを憎《にく》み、暗殺者を仕向けるのだが……今回は事件解決に協力したのが私になってしまったから、暗殺者も私に向けられるのではないかという予感が的中してしまった。

原作の方では警備の厳しい王宮にも難なく侵入した暗殺者が、ヒロインの危機に駆《か》け付けた王太子に捕縛《ほばく》されるのだ。しかし牢に捕らえたはずの暗殺者は翌日には姿を消していた。

実はこの暗殺者、後にヒロインを好きになってヒロインを陰《かげ》ながら守る守護者として登場させる予定だったのだが、話がめんど……複雑になりそうな予感がしたので再登場させることを断念したキャラなのだ。

侯爵が罪人になったことで使用人達は逃げ出したのだろうか。門番もおらず、侯爵邸はひっそりと静まり返っている。

「きゃあああああ!!」

屋敷《やしき》の中に入ろうと扉の取っ手に手をかけた瞬間、屋敷の中から女性の悲鳴が聞こえてきた。

「ちょぉっと待ったぁぁぁぁ!!」

慌てて玄関《げんかん》の扉を開けるも、現場の状況に思考が停止した。

ルディが剣《けん》を振《ふ》り上げているのは予想通りとして……。

なんでそれが、抱《だ》き合いながら座り込んでいるエドワール侯爵令嬢と夫人に向けられているの？　確かに主犯ではあるが、テネーブルという障害はどこ行った？

「どうしてルディが二人に剣を向けているの？　暗殺者は？」

右を見ても左を見てもテネーブルの姿は見当たらず。

「お帰り頂きました」

ルディは剣を鞘《さや》にしまいながら飄々《ひょうひょう》と答えた。

お帰り頂いたって、相手は王宮に易々《やすやす》と侵入できる実力者ですよ!?

「それよりも姉上こそ到着《とうちゃく》が早くないですか？」

ルディは震《ふる》えながら座り込んでいる二人の動きを警戒しながら顔だけ私に向けた。

よくぞ聞いてくれました！

「聞いて驚《おどろ》かないでよ。私……乗馬ができるの！」

ドヤァ！　……。

反応せいや!!

「姉上。乗馬より先に、令嬢として習得すべき技術が他《ほか》にあるのではないですか？」

うぐっ！

だって令嬢に必要なスキルって、どれもルディから生き延びるには不必要なものばかりなんだもん。

「乗馬だって貴族の嗜《たしな》みだから！」

「……それもそうですね」

ルディの驚く顔が見られると思ったのに……この無表情を崩《くず》すのは至難の業《わざ》だ。

項垂《うなだ》れていると、バタバタと数人の兵士が屋敷の中に入ってきた。

「エドワール侯爵令嬢がクラヴリー公爵令嬢の暗殺を企《たくら》んだと通報を受けたのですが？」

隊長と思われる人物が、王宮の騎士服姿のルディに敬礼しながら尋《たず》ねた。

ルディが座り込んで震えている二人に視線を向けると、兵士達は二人を連れ出した。

通りすがりにエドワール侯爵令嬢が私を睨《にら》んだが、直ぐに青ざめて視線を逸《そ》らした。

私、何もしていないけど？

首を傾《かし》げていると背後に人の気配がして、振り返ると無表情のルディが立っていた。

え？　なんで背後にいるの？　知らない間に背後に立たれると怖《こわ》いんですけど。

「通報したのは姉上ですか？」

「そんな暇《ひま》あったと思う？」

ルディでも私でも無いってことは通報したのは……テネーブル？　どちらにせよエドワール侯爵令嬢を捕らえなければならなかったから、時間短縮できて良かったけど。

これでエドワール侯爵家が起こす事件は解決したかな。

原作といい今回といい捨て駒《ごま》にしてしまって申し訳ない気持ちはあるけれど、犯罪は犯罪だし罪はしっかり償《つぐな》ってもらおう。

エドワール侯爵が内乱を考えたのも、侯爵令嬢が暗殺者を仕向けたのも、元はと言えば原作者の私のせいでもあるわけだし、せめて夫人と娘《むすめ》だけは処刑《しょけい》にならないように働きかけてみるか。

翌日の新聞は、エドワール侯爵家没落《ぼつらく》のニュースが一面を飾《かざ》った。

結局エドワール侯爵家の結末は原作通りに進んでしまったのね。

お茶を一口含《ふく》みながら新聞の続きに目を通してお茶を噴《ふ》き出した。

そこに書かれていたのは『エドワール侯爵と結託《けったく》した武器取引商人達に悲劇。突然《とつぜん》の円形脱毛症《だつもうしょう》発症《はっしょう》。監獄《かんごく》での心労が原因か？』。

これ絶対心労が原因じゃないでしょ！

バレたらどうすんのよバカルディ!!

エドワール侯爵を捕らえた日から、レアが歩けるようになるまで仕事を休んでいた俺は、久しぶりに王宮に来ていた。

「後処理で忙《いそが》しいのに良いご身分だな」

到着早々、頰《ほお》を引きつらせた殿下に呼び出され嫌味《いやみ》を言われるもどこ吹《ふ》く風。

「今回の功労者を労《いたわ》るのも大事な仕事ですから。特に姉上は歩けない状態だったので俺が傍《そば》にいないと生活もままなりませんし」

「公爵令嬢なのだから、世話をする人間くらい山ほどいるだろ」

「他の者に姉上の世話は任せられません」

「『姉上』ねえ。お前が彼女をどう想《おも》っているのか今回の件で良く分かったよ」

「分かったのでしたら手を出さないでください」

別に知られて困るような感情でもないし、むしろ殿下には知っておいてもらった方がいいだろう。

「それで、その功労者の一人のお前に褒美《ほうび》を与《あた》えるように王から言われているのだが？」

「爵位をください」

俺の言葉に殿下は目を瞬《またた》いた。

「クラヴリー公爵家はどうするんだ？」

「どうもこうも跡《あと》を継《つ》ぐ気はありませんから。それと結婚申請書《けっこんしんせいしょ》も発行してください」

今度は俺の言葉に殿下は目を見開いた。

俺も殿下も感情の隠《かく》し方は違《ちが》うが、感情を表に出さないという点では似ているところがある。でも今の殿下を見ている限り、俺より殿下の方が感情は豊かなようだ。なぜなら結婚申請書くらいでこんなに驚く必要はないから。

王位継承《けいしょう》権を持つ俺の結婚は少し特殊《とくしゅ》で、結婚には王の許可がいる。その代わり自分の署名と相手の署名、王の許可さえあれば、親の同意がなくても結婚できる制度があるのだ。保護者の反対により一生独身を貫《つらぬ》く継承者もおり、王族を途絶《とだ》えさせないための措置《そち》だ。

だがこれは王位継承権を持つ者だけの特権ということもあり、通常は王族も段階を踏《ふ》んで手続きをするため、この特権自体あまり使われていないのが現実だ。

「お前、まさか爵位《しゃくい》を貰《もら》ったらすぐに結婚しようとか……」

「考えていますけど？」

何が問題なんだと首を傾げた。

そもそもレアと結婚するためにここまで頑張《がんば》ってきたんだ。結婚できないのなら爵位も王宮騎士《きし》でいることも全《すべ》て無意味になる。

「お前がここまで人に執着《しゅうちゃく》する人間だとは思わなかったよ」

人に執着しているわけではない。

ただレアが欲しいだけだ。


王宮からの帰り、殿下《でんか》に散々こき使われて夜中になっていた。

今日はレアの寝顔《ねがお》しか見られないと溜息《ためいき》を吐《つ》いていると、わずかに屋敷の方から嫌な気配が漂《ただよ》ってきた。

馬車から下りた俺が真っ先に駆け付けたのはレアの部屋だった。

レアの部屋の前に着くと中からレアと侵入者《しんにゅうしゃ》の気配がし、慌《あわ》てて扉《とびら》を開けようとするも中から鍵《かぎ》がかけられていた。声を掛《か》けるもレアが鍵を開けてくれる気配はなく、止《や》むなく俺は扉を壊《こわ》すため、取っ手周辺に剣を突《つ》き刺《さ》しながら足で扉を蹴破《けやぶ》った。

激しい音と共に扉が開くと侵入者の姿はなく、真っ青な顔で固まりこちらを見ているレアがいた。レアが無事なのは良かったが、顔を青ざめさせるくらいレアを怖がらせた侵入者は許せない。捕《と》らえて目に物見せてやる。

そして侵入者を追いかけて馬を走らせ辿《たど》り着いたのはエドワール侯爵邸《こうしゃくてい》。

侯爵を追い込んだ俺への仕打ちにレアを狙《ねら》ったのか？　ということは、あいつは暗殺者か。どちらにせよレアの命を奪《うば》おうとした罪は償ってもらう。

屋敷《やしき》の中に入ると、先程《さきほど》レアの部屋に侵入していた奴《やつ》と同じ気配を発している暗殺者が、エドワール侯爵の妻と娘に刃《やいば》を向けていた。

俺がそれを止めに入ると暗殺者は驚いて飛び退《の》いた。

「ルディウス様！」

喜びの声を上げる令嬢《れいじょう》を無視した。

「おいおい。その娘が依頼者《いらいしゃ》なのにあんたはそいつを助けるのか？」

「私が暗殺を依頼したなんて嘘《うそ》です！」

令嬢の言葉が全てを物語っている。

「勘違《かんちが》いするな。俺はレアの命を奪おうとする奴等《やつら》全員を自分の手で始末したいだけだ」

俺が怒気《どき》を孕《はら》んだ声で静かに口を開くと、その場の全員が体を震わせた。

「俺は嬢ちゃんに頼《たの》まれた言葉を伝言しにきただけだ。もう嬢ちゃんには関《かか》わらねえよ」

そういうと暗殺者は姿を消した。

「ル……ルディウス様……？　私は本当に何もして……」

俺に手を伸《の》ばす令嬢を見下ろすと、令嬢は瞬時《しゅんじ》に手を引っ込めて震《ふる》えながら母親に抱《だ》きついた。

あいつを暗殺者だと知っていた時点でこいつは黒だ。誰《だれ》にも知られずここで始末する！

……という執行《しっこう》はレアの登場で阻《はば》まれた。

なんでレアはこうも余計な技術ばかり身に付けるのだろうか？

数日後、エドワール侯爵を捕らえた功績に対する報奨《ほうしょう》としての爵位の授与《じゅよ》は、一切《いっさい》の障害なく行われた。

殿下は父が反対するのではと心配していたが、俺は絶対に反対しないと分かっていた。

なぜなら父は俺に跡を継がせる気がないからだ。

理由は簡単だ。

王位継承権を持つ俺が跡を継げば、自分の代よりクラヴリー公爵家の威光《いこう》が上がる。しかも今の俺は王宮騎士であり、不本意だが殿下に連れ回されているお陰《かげ》で、殿下のお気に入りと言われている。そんな俺に嫉妬《しっと》しているのだろう。

相手より下に見られたくないとは、ちっぽけな人間の考えそうなことだ。

だが邪魔《じゃま》をしてこないのは俺にとっては都合がいい。

あとはこの結婚申請書にレアの署名さえ書いてもらえば。

待ちに待った日はもう間もなくやってくる。

# 第四章　義弟の気持ち

事件が解決してから数日後。

ルディウス・フォン・ランドール伯爵《はくしゃく》の誕生が世間を騒《さわ》がせた。

これによりルディは、この家を出てランドール伯爵として新しい屋敷に住むことになった。

不気味なのはクラヴリー公爵が跡取りであるルディを簡単に手放したことだ。公爵が何《な》故《ぜ》ルディの爵位授与の阻止《そし》をしなかったのかについては疑問が残る。

だがルディがクラヴリー公爵家を離《はな》れたことで、少なくとも今後ルディがクラヴリー公爵家に縛《しば》られることはなくなった。これで原作とは違う流れになったし、ルディに殺される心配も減っただろう。

これにて一件落着。

……とはいかなかった。

それはルディがランドール伯爵になって一週間後のことだった。

就寝《しゅうしん》している私を呼ぶ声がして目を覚ますと、屋敷にいないはずのルディが間近にいて驚《おどろ》いた。

　声を上げそうになる私の口を手で塞《ふさ》ぐと小声で話し始めた。

「姉上、忍《しの》び込んですみません。公爵に見つからずに姉上と話がしたかったので、このような形になってしまいました。実は公爵が姉上を王太子妃《ひ》にしようと企《たくら》んでいます」

　王太子妃って公爵が何で⁉　だって今までそんな素振《そぶ》り一度も見せたことないじゃない！

　ルディは驚き目を見開いている私の口から手を離すと、そのまま私の手を握《にぎ》りしめた。

「公爵は姉上を殿下と結婚させて権力を得るつもりです。俺が姉上に送った求婚書《きゅうこんしょ》も完全に無視されています。このままでは姉上は王太子妃にさせられてしまいますが、必ず俺が阻止しますから、もう少しだけ待っていてください」

「ちょっと待って。求婚書ってどういうこと？　ルディが私に婚約を申し込んでるってこと？」

「姉上……いえ。レア。俺は……」

　部屋の扉が叩《たた》かれると公爵の声が聞こえてきた。

「レリア。ここを開けなさい」

　扉に視線を向けた一瞬の隙《すき》にルディは姿を消していた。混乱する頭のまま部屋の扉を開けると公爵がベランダの窓を注視した。

「どうやらネズミが入り込んでいたようだな」

ルディがいたことに気付いた!?

公爵は無言のまま俯《うつむ》く私を一瞥《いちべつ》するとそのまま出て行った。

求婚書って一体どういうこと？　公爵が殿下と私を結婚させるとか……。

原作者である私の知らないところでみんな色々何かやってくれちゃってるみたいだけど、黙《だま》ってやられている私じゃないんだから！

こうなったら何が起きているのか徹底《てってい》的に調べてやる！

それにしてもこの親子。無表情に続き、人を別の生き物にたとえる点でもそっくりだよ。


翌朝。

抜《ぬ》き足、差し足……忍び足！

ササッと庭の茂《しげ》みに隠《かく》れた。

ワンピース姿のままストールを頭に被《かぶ》り、鼻の下で結んだ盗人《ぬすっと》スタイルで忍び込むのは公爵の書斎《しょさい》だ。

侵入口を目視で確認《かくにん》！

そっと窓に近付き部屋の中を覗《のぞ》き込んだ。

昨夜のルディの話から、ルディは私と婚約したいと考えているということになる。だがルディが義姉《あね》に求婚するなど原作では当たり前だがなかった。それに公爵が義娘《むすめ》を王太子妃にするなどの話も原作では考えてもいなかった内容だ。つまり今は原作とは違う流れになって来ており、このままでは知らない間に、私は王太子妃にされてしまう可能性も出てきたということだ。

これは事態をしっかり把握《はあく》しなければ！

部屋の中、よーし！　侵入口《しんにゅう》の鍵、よーし！　いざ突入《とつにゅう》じゃ！

音を立てないように窓を開け、下枠《したわく》に摑《つか》まり飛び乗った。

簡単に侵入しているようにみえるが、実は今朝、王太子との婚約の件で公爵に詰《つ》め寄るフリをして、隙を突いて窓の鍵をこっそり解除しておいたのだ。私、女スパイみたいじゃない？　……しまった！　どうせならボディスーツとかにすれば良かった！　とすぐに形から入りたがる私は、公爵の留守を見計らい書斎に忍び込んだ。

書斎を探《さぐ》り始めて数分後。

おかしい……。

何がおかしいってルディが出したという求婚書が見つからないからだ。

もしかしてあれは……夢？

だとしてもおかしい。

再婚相手の娘とはいえ、私は公爵令嬢。今までは生きるか死ぬかで頭がいっぱいだったから意識していなかったけど、十七歳の私に求婚書の一つも届かないなんてある？

……ダンスが下手すぎて手に負えないと思われた可能性は否定できないが。

う～ん……。

執務机の椅子《いす》に座りながら一回転すると本棚《ほんだな》が目についた。

よくあるよね。本棚の本を取り出そうとしたらゴゴ……って動いて隠し部屋！　とか。

冗談《じょうだん》交じりで手前の一番取りやすそうな本を手にすると、それが本の形をしたケースのような物だと気付いた。

パカリと何気なく箱を開けるとそこに入っていた物に驚愕《きょうがく》した。

これは……!?

手に取ろうとすると廊下《ろうか》から話し声が聞こえてきて、震える手で慌《あわ》てて本の形のケースを仕舞《しま》い、窓から飛び出しその場を離れた。

どうして公爵がアレを持っているの!?

頭のストールを外しながら動揺《どうよう》する気持ちを抑《おさ》え、庭のテーブル席に腰《こし》を下ろした。

アレは私が幼少期に亡《な》くなる直前に実父にあげた手作りの胸飾《むねかざ》り。あんな下手くそな物は世界に一つしかないから絶対に間違《まちが》いない。それをなぜ公爵が持っているの？

実父は母とは違い優《やさ》しい人だった。虐待《ぎゃくたい》する母を止め、いつも私を助けてくれていた。

私がルディのように無表情にならずに済んだのは、父のお陰《かげ》と言っても過言ではない。

そんな父にお守り代わりに渡《わた》したのがあの胸飾りだった。胸元《むなもと》に大事そうにしまいながら笑顔《えがお》で手を振《ふ》ってくれたのを最後に父は帰らぬ人となった。目的地に向かう途中《とちゅう》にある山で賊《ぞく》に襲《おそ》われて、追われた先の崖《がけ》に転落したとか……。自分が胸飾りを渡したせいだと泣きわめく私を母は冷たい眼差《まなざ》しで一瞥するだけだった。

当時を思い出して再び涙《なみだ》が込み上げてきた。

なんでこんな設定にしちゃったんだろ。私が父を死んだ設定にしなければ父は今も……。

自責の念にかられてテーブルに突《つ》っ伏《ぷ》した。

そういえば原作ではルディウスが再婚した新しい母親に蔑《さげす》まれ、新しくできた姉にいじめられる姿しか書いておらず、前公爵夫人や私の父がいつ亡くなったかってことについてまでは触《ふ》れていなかった。

だけど現実でお互《たが》いのパートナーが急死して、もともと恋仲《こいなか》だった二人が再婚するなんて少しおかしい気がする。

まさかこれは……事件の予感！

自分が適当に決めた設定が、殺人事件に発展しているかもしれないいなんて。

翌日、最初にやってきたのは王立図書館。過去の新聞を調べるためだ。

公爵家にも過去の新聞はあるが、私が父の死について調べていることがいつ公爵の耳に入るか分からない。もし公爵が事件に関《かか》わっていれば、真相を突き止めようとしている私を黙ってみてはいないだろう。

王立図書館に入るとカウンターにいた司書さんに声をかけられた。

「レリアちゃん、久しぶりね。最近はめっきり顔を見せてくれないから心配していたのよ」

「色々忙《いそが》しくて来られなかったんです。ごめんなさい」

「そうなの？　それよりアレ、手に入れたわよ」

意味深長に笑う司書さんに私のテンションが上がった。

「本当ですか⁉」

司書さんはカウンターの下から一冊の本を取り出した。その本とは……。『恋の花園《はなぞの》』。ここでこの恋愛《れんあい》小説だ。貴族令嬢《れいじょう》達は恋愛小説を野蛮《やばん》な本と嫌《きら》うが、私は恋愛小説を書いていた人間だよ。この面白《おもしろ》さを野蛮とか、人生損をしているとしか言いようがない。とはいえ、買って公爵《こうしゃく》家で見つかると面倒《めんどう》なので、こうして足繁《あししげ》く王立図書館に通っているわけだ。

「これ手に入れるの大変だったのよ。他国の本だから色んな伝手《つて》を使って探したんだから」

司書さんの言葉に、感動のあまり震《ふる》える手で本を受け取ろうとして思いとどまった。今日は恋愛小説を読んでいる場合ではない。泣く泣く手を引っ込めながら司書さんに謝った。

「ごめんなさい。今日は、新聞を読まなきゃいけないの……」

次の瞬間《しゅんかん》、静かに本を読んでいた他《ほか》の常連客達が振り返り、ざわつき始めた。

「いつも不気味な笑みを浮《う》かべて恋愛小説を読んでいるあのレリアちゃんが新聞⁉」

「明日《あした》は雪でも降るんじゃないか？」

「いや、槍《やり》かもしれないぞ」

なんて失礼な常連達だ！　常連客の反応に苦笑いを浮かべる司書さんを残し、憤慨《ふんがい》しながら新聞コーナーへと向かったのだった。

早速《さっそく》新聞コーナーで八年前の新聞を一つ一つ調べ始めた。

すると父の死より先に『クラヴリー公爵夫人、馬車にて転落事故死』の文字を発見した。

これ、ルディのお母さんのことだ！

そこには事故の悲惨《ひさん》な状況《じょうきょう》や公爵夫人《ルディの母》の足取りなどが記載《きさい》されていた。

しかし最後の方に小さく書かれていた一文に心臓が嫌《いや》な音を立てた。

『この事故は本当に事故だったのか？　原因究明が待たれる　記者フィルマン』

何か怪《あや》しい点でもあったのかな？

続きが気になり翌日の新聞を開くと『クラヴリー公爵夫人、死因は転落死と判明』。

前日の新聞とは打って変わって、事故死を主張するような記事になっていた。ふと記者の名前に目をやると『ジェローム』と書かれていた。

あれ？　前日の記事を書いた記者と違う。

引っ掛《か》かりを感じながらも次のページを捲《めく》ると、そこには『山賊《さんぞく》が出現。伯爵《はくしゃく》襲《おそ》われ崖から転落死』という記事が小さく載《の》っていた。

父が亡くなったのって公爵夫人が亡くなった翌日なの⁉　子どもだったし新聞を読んでいなかったから知らなかった……。

驚《おどろ》きながら内容に目を通すと、山賊に襲われた伯爵は逃《に》げる途中で足を滑《すべ》らせ、崖から転落したと記載されていた。

場所は違うが二人とも一日ずれての転落死。

あれ？　そういえばこの亡くなった公爵夫人の事故現場って父も通っている道のはずだけど……。

父が亡くなったと早馬で知らせが来たのは、伯爵邸《うち》を出発してから二日後のことだった。途中で公爵夫人の事故には遭遇《そうぐう》しなかったのだろうか？

もう一つ引っかかるのは公爵が持っていた父の胸飾り。自分の妻が亡くなった翌日に、離《はな》れた場所で亡くなった私の父の私物を公爵が持っているのはおかし過ぎる。だって公爵夫人が亡くなったのに、他の事件の調査どころではなかっただろうから。

一日遅《おく》れの転落死。公爵が持つ父の胸飾り。すごく嫌な予感がする。

父の方の記事を書いた人は……『ジェローム』。

怪しい点をすっ飛ばして記事を完結させたこの『ジェローム』って記者から話を聞く必要がありそうね。

難しい顔をしながら王立図書館を出た直後に、腕《うで》を引かれて路地に連れ込まれた。

何⁉　また人攫《ひとさら》い⁉

「レア」

耳元に聞こえてきた声に顔を上げると、黒いフードを被《かぶ》ったルディの姿が。

「え？　ルディ？　どうしたの⁇」

疑問符《ぎもんふ》を頭の上に沢山《たくさん》つけている私に、ルディは口元に指を当て静かにするように指示をした。

「見失った！」

「この辺りをくまなく捜《さが》せ！」

バタバタと騎士《きし》達が大通りを走り去って行った。

「もしかしてあの騎士達が捜しているのって、私⁉」

「おそらく公爵が、公爵家の騎士にレアを監視《かんし》させているのだと思います」

まさか私が書斎《しょさい》に忍《しの》び込んだことがバレた⁉

「エドワール侯爵《こうしゃく》の件で、護衛もしくは監視を付けることにしたのでしょう」

なんだ。エドワール侯爵の件で無茶《むちゃ》をしたからつけたのか。

「それでルディはここで何しているの？」

「先程《さきほど》、公爵が国王陛下に王太子殿下《でんか》の婚約者《こんやくしゃ》の件について進言しに王宮に来ました。内容までは分かりませんが、陛下がレアの婚約に許可を出したら、止めることは不可能になります。だからそうなる前にレアを迎《むか》えに来ました」

やっぱり聞き間違《まちが》いじゃない。ルディが私を『姉上』と呼んでない。

「ねえ。急にどうしたの？　私を愛称《あいしょう》で呼んだことなんてなかったじゃない」

「俺はずっと呼んでいましたよ。心の中で」

「…え？」

「あなたをずっと姉としてではなく、愛する女性として見ていましたから」

……え⁉　……ええええええ――――⁉　ルディが……私を……愛……愛⁉

「え？　え？　一体いつから⁇」

「それよりも今は、俺と一緒《いっしょ》にここを離れて伯爵邸《てい》に行きましょう。レアが俺と結婚してもいいと思ってくれるなら、殿下との婚約を防げる方法があります」

ルディは私と結婚してもいいと考えているくらい私を想《おも》ってくれていたの？

原作のことばかり考えていたから全然気付けなかった……。

でももし今、ルディと一緒に行ったら殿下と婚約させようとしている公爵が誘拐《ゆうかい》だと騒《さわ》ぎ出すかもしれない。そうしたらルディは捕《つか》まってしまう。

それにもし父とルディの母の事故が殺人事件だったとしたら……。

「ルディ……ごめん。一緒には行けない」

私の肩《かた》を掴《つか》むルディの胸を押し返した。

「なぜですか？　俺があなたを守りますから」

いつもの無表情とは違うどこか不安そうで必死なルディの姿に、思わず抱《だ》きしめて安心させてあげたくなったが思いとどまった。

「ごめん、ルディ。……私はあなたのお姉ちゃんでしかないの。一緒に行ってもあなたの想いには応《こた》えられない」

悲しそうなルディの顔を見たくなくてうつむいていると、肩を掴んでいたルディの手が力なく落ちた。

ごめんね、ルディ。

ルディに背を向けて別れた後、涙《なみだ》を堪《こら》えながら大通りの方へ向かうと、私を捜していた騎士達に捕まった。

「どちらに行かれていたのですか？　すぐに屋敷《やしき》にお戻《もど》りください」

騎士達に促《うなが》されるも、私が睨《にら》むと騎士達は身を怯《ひる》ませた。

人の気も知らないで！　言われなくても帰ってやるわよ！

騎士が用意した馬車にドカドカと乗り込むと、馬車はすぐに出発した。

馬車に揺《ゆ》られながら外の景色に視線を向けるも、思い浮かぶのは先程のルディの必死な姿だった。

ルディが私を愛する女性と言ってくれた時、私、嬉《うれ》しかった。王太子殿下の時は秒で断ろうと決めたのに。だって優《やさ》しさで選ぶなら断然殿下でしょ。

ルディなんか無表情だし、怖《こわ》いし、何考えているか分からないし、いつ殺《や》られるか恐怖《きょうふ》だし……。でも私のドレスを真剣《しんけん》に悩《なや》んでくれたり、私のために癖《くせ》のあるダンスを習得してくれたり、不格好な刺繍《ししゅう》のハンカチも燃やさずにいてくれた。そして誰《だれ》よりも一番に駆《か》け付けていつも私を守ってくれた。

そうか……私はルディが好きなのか。

次から次へと溢《あふ》れ出る涙に声を殺して泣いた。

私もルディと一緒に行きたかった。今までのようにルディの傍《そば》でバカみたいに他愛《たわい》のない話をして、その隣《となり》では無表情なのに最後まで黙《だま》って話に付き合ってくれるルディがいて。

ただそんな何気ない日々をルディと過ごしたかった……。

屋敷に戻ると自室に直行し、うつ伏《ぶ》せでベッドにダイブした。

ルディはいつから私を好きになってくれていたんだろう？　子どもの頃《ころ》は私がルディの後についてまわることが多かったけど、気が付いたらいつの間にかルディが傍にいる生活が当たり前になっていた。今も『姉上』と呼びながら入口から入ってきそうな……。

物音一つしない静かな部屋の入口は、固く閉《と》ざされたまま動くことはなかった。

ああ、そうか。ルディはもう……いないんだ。私の傍にいてくれることはもうないんだ。

再び涙が零《こぼ》れ落ち枕《まくら》に顔を埋《うず》めた。


昨日の悲しみを払拭《ふっしょく》するように意気込んでやってきたのは新聞社。

公爵の監視はいるだろうけど『王太子妃《ひ》になるための勉強してました！』って言えばいいし問題なし。

中に入って早々、入口で立ち尽《つ》くすことに。どこの世界も新聞記者って忙《いそが》しそうだな……。バタバタと走り回りながらそこら中で紙が舞《ま》っている。

「あの……」

私の目の前を走る記者に声をかけようとするも、通り過ぎるのが速すぎてスルー。

私を素通《すどお》りするとは良い度胸ね。

通り過ぎようとする若手記者をガシリと鷲掴《わしづか》んだ。

「ねえ。ちょっと、ジェロームって記者に会いたいんだけど」

掴みながら凄《すご》むと若手記者は怯《おび》えたように震《ふる》え上がった。

「へ……編集長は忙しくてお会いになれないかも……」

「クラヴリー公爵令嬢《れいじょう》が来たと伝えなさい」

「は……はい！」

若手記者は逃《に》げるように去って行った。

本当に呼んで来てくれるかな？　もし呼んで来なかったら覚悟《かくご》しなさいよ！

しばらく待っていると、ボサボサ頭に皺《しわ》くちゃの服を着た男が姿を見せた。連日徹夜《てつや》してますって感じだな。

「お嬢様が何の用だ？」

イライラしているのか態度が悪い。

「初めまして。レリア・アメール・クラヴリーと申します。八年前の伯爵《はくしゃく》の転落死の記事を書いたのはあなたですよね」

ジェロームは少し考えたあと、思い出したのか少しだけ顔色を変えた。

「内容は記事に書いてあった通りだ」

平静を装《よそお》っているようだが明らかに動揺《どうよう》の色が見える。

こちらは無表情ルディの顔色を窺《うかが》って生きてきたんだ。素人《しろうと》の顔色くらい簡単に読み取れるわ。

「しかし記事には『足を滑《すべ》らせて』とありましたが目撃者《もくげきしゃ》は一体どなたですか？　山賊《さんぞく》さんに追われている真っ最中だったのですよね？　それともあなたが想像して書いたのかしら？」

さすがのジェロームも真っ青な顔で俯《うつむ》いた。やはり父の記事には何か裏がありそうだ。

「俺も若かったから間違った情報を載《の》せたのかもしれないな。もういいだろ！　こっちは忙しいんだ！」

慌《あわ》てて切り上げようとするジェロームに最後の質問を投げかけた。

「フィルマンって方はこちらに？」

「あいつの話はするな！」

そのまま走るように立ち去ってしまった。

何？　どういうこと？

呆然《ぼうぜん》とする私の横をこっそりと通り過ぎようとする若手記者の肩を再び鷲摑むと、若手記者の体が跳《は》ね上がった。

「ちょっと、フィルマンを呼んでくれない？」

「そそそ……そのような方は我が社にはおりませんが……」

「八年前、ここに勤めていたはずだけど？」

「三年前に入社しましたが聞いたことの無い名前です……」

退職したのか？　いやジェロームの様子を見る限りそんな雰囲気《ふんいき》でもなかった。

考え込んでいるうちに若手記者にも逃げられていた。

これはフィルマンを捜《さが》すしかなさそうね。

新聞社から公爵邸《てい》に戻るとすぐに公爵の書斎《しょさい》に呼び出された。

「新聞社に行ってきたそうだな」

情報が早いな。

監視《かんし》は私から離《はな》れてはいたが、ずっと跡《あと》をつけてきていたから帰ったばかりの私の情報を公爵に話してはいないはず。

となると公爵に伝えたのはジェローム？

「お義父様《とうさま》が私と王太子殿下《でんか》との婚約《こんやく》を考えていることを聞き、このままでは王太子妃になっても恥《はじ》をかくだけだと思い、世間のことを知るために伺《うかが》ったのです」

公爵は口に手を当てて黙って私の話を聞いていた。

ジェロームが全《すべ》てを話していたとしたらバレバレの嘘《うそ》になるけど、少なくともジェロームと繋《つな》がっていることを知られたくない公爵としては、この話が嘘だとは追及《ついきゅう》できないだろう。

「お話はそれだけでしょうか？　勉強の続きをしたいのでこれで失礼致《いた》します」

長居は無用とばかりにドアノブに手をかけると、背後から公爵の無感情な声がかけられた。

「先日、この部屋に何者かが忍《しの》び込んだようだが何か心当たりは？」

バ……バレてる。

ダラダラと嫌《いや》な汗《あせ》が流れ出る。

ここは必殺！

「何も知りませんが？」

すっとぼけを決め込んだ。

公爵はしばらく黙って私を見つめていたが、時間の無駄《むだ》だと判断したのか退室するよう手で払《はら》われた。

書斎から出てようやく息を吐《は》いた。やっぱり公爵は迫力《はくりょく》が違《ちが》う。

でも公爵と対峙《たいじ》して分かったことがある。

同じ無表情でもルディが私に向ける視線や空気は心地《ここち》好《よ》かったということが――。


三日後。街の裏通りにある、見た目はただの古びた一軒家《いっけんや》に一人の男が入って行った。

「ウォッカを一杯《ぱい》頼《たの》む」

男はカウンターの席に座るとコップを拭《ふ》いていた店主に注文した。

直《す》ぐに差し出されたウォッカを一口含《ふく》むと……。

「それ私からの奢《おご》りだから」

男は突然《とつぜん》背後からかけられた聞き覚えのある声に驚《おどろ》き、ウォッカを噴《ふ》き出した。

「汚《きたな》いわね。しっかり味わって飲みなさいよ」

「な……な……な……なんでお前がここにいるんだ⁉」

感情を表に出さないよう訓練されている一流の暗殺者を驚かせるって新鮮《しんせん》で楽しい。これは病《や》みつきになりそうだ。一般《いっぱん》人が一流の暗殺者を驚かせるなんて無理って？

私は一般人などではないわ。

あの無表情で一切《いっさい》感情を表に出さない男の驚く顔が見たくて、何年努力して驚かせようと試みたことか。もはや人を驚かすのはプロの領域と言っても過言ではない。

肝心《かんじん》の男はいつも見下したような無表情で「何がしたいのですか？」って！

あなたの驚く顔がただただ見たいだけですけど何か⁉

「なんでここが分かったんだよ？」

外からはなんの変哲《へんてつ》もない普通《ふつう》の家。中は静かなバーのような酒場。しかし何を隠《かく》そうここが暗殺依頼《いらい》窓口なのだ！　って原作で使おうと思って結局使わなかったネタがまさか現実で実在してくれていたとは。お陰《かげ》で捜しやすかったわ。

ただ新聞社に乗り込んで以来、公爵家の騎士《きし》達の監視が厳しくなって、騎士達を振《ふ》り切るのにほとんどの防犯グッズは使ったけどね。

「私を舐《な》めないでもらいたいわね。あなたのことなら何でもお見通しなのよ」

原作者ですから。

「お前……俺に惚《ほ》れているのか？」

唐辛子《とうがらし》スプレーを取り出すとテネーブルは一瞬《いっしゅん》で数メートル先まで飛び退《の》いた。

逃げ足の速い奴《やつ》め。

「あなたの冗談《じょうだん》に付き合っている暇《ひま》はないの。仕事の依頼をしてもいいかしら。報酬《ほうしゅう》は弾《はず》むわよ」

「……あんたとはあんまり関《かか》わりたくないんだが……」

嫌そうな顔で私を見下ろしながら戻《もど》ってくるとウォッカを一口含んだ。

「なによ。一度は刃《やいば》を交えた仲でしょ」

正確には刃ではなくワンプッシュスプレーだが。

「お前の番犬に睨《にら》まれたら俺の命がいくつあっても足りねえの」

「え？　そんなに怖《こわ》いかな？　一度負けた相手には尻尾《しっぽ》巻いて逃げ出すよ？」

「え⁉　そんな奴には見えないけど⁉　……ってお前、何の話をしてるんだ？」

「だから公爵家で飼っているドーベルマンの話でしょ？」

私が答えるとテネーブルに大きな溜息《ためいき》を吐かれた。番犬って言ったのは自分なのになんであきれられなきゃいけないの？

「んで？　依頼って殺しか？」

「そんなもの、依頼するわけないでしょ。捜して欲しい人がいるの」

「はあ？　それくらい探偵《たんてい》にでも頼《たの》めよ」

「探偵よりもあなたの方が信用できるから。頼まれた仕事はきっちりこなすって聞いているし」

「お前のせいで失敗もしてるけどな」

「でも、あなたには簡単な仕事でしょ？　それともまた失敗しそうで自信ないとか？」

「煽《あお》ってんのか？」

「まあ、あなたには難しいって言うなら仕方ないわね。これくらいの仕事なら探偵に頼むわ」

「待てよ」

帰ろうと踵《きびす》を返すと、テネーブルはグラスをテーブルに置いて私を引き止めた。

「分かったよ。引き受けるかどうかはすぐに返答できないが、検討はしてやる。一応、情報だけは置いていけ」


レアに振られてから、俺は伯爵邸《はくしゃくてい》に引きこもりひたすら執務《しつむ》に励《はげ》んでいた。

レアはもしかしたら、俺を異性として意識してくれているのではと、内心期待していた分、精神的打撃《だげき》が大きかった。でも結局レアは俺を義弟《おとうと》としてしか見てくれていない。

自分の署名が書かれている『結婚申請書《しんせいしょ》』を取り出した。

レアを攫《さら》って無理に署名させることもできた。だけど嫌がるレアに強要はしたくない。

クシャリと用紙を握《にぎ》り潰《つぶ》した。

結婚できなくてもいい。弟としてでもいい。それでも……傍《そば》にいて欲しい。

レアへの想《おも》いが止まらず苛立《いらだ》ちをぶつけるため、俺は近くにあった短刀を天井《てんじょう》に投げつけた。

「危ねえな。話をする前に殺す気か？」

軽い調子で天井から降りてきたのは以前レアを狙《ねら》った暗殺者だ。今度は俺の命でも狙いに来たのか？　レアに振られた今、それもいいのかもしれない……。

「なんの用だ」

何もかもがどうでもよくなっている俺は適当に返事した。

「どこに牙《きば》を落としてきたんだよ。こんな腑《ふ》抜《ぬ》けた姿を見たら嬢《じょう》ちゃんが泣くぞ」

黙《だま》れとばかりに睨むと、暗殺者はやれやれと溜息を吐きながら俺の前に新聞を広げた。

「関わらないって約束したんだが、嬢ちゃんから関わってきたから依頼を受けていいか許可を貰《もら》いにきた」

新聞に目を落とすと、そこには俺の母が亡《な》くなった時の記事が一面に載《の》っていた。

「この記事を書いた奴を捜《さが》して欲しいって依頼だ」

母が亡くなった時、新聞には目を通していた。だが母の死に興味の無かった俺は、事故死として片付けられた記事を疑いもしなかった。

まさかレアはこの事故は故意だと疑っているのか？

そうなると犯人は俺の身近な人間ということになる。

もしかしてレアは俺を関わらせないために突《つ》き放そうとした？

俺と目を合わせずに立ち去ったレアの姿を思い出した。本当に義弟としてしか見ていないなら、レアは必ず俺の目を見てはっきりと断るはず。

なんで気付かなかったんだ！

拳《こぶし》を強く握ると新聞がクシャリと歪《ゆが》んだ。

「お前が望む物はなんだ？」

面白《おもしろ》そうに暗殺者は笑った。

「今までの罪の免罪符《めんざいふ》って言ったら？」

「お前が欲しいだけくれてやる。その代わりレアの望みを全《すべ》て叶《かな》え、レアを必ず守り通せ。そしてどんな些細《ささい》なことでも必ず毎日俺に報告に来ること。それが条件だ」

「面白《おもし》れぇ。交渉成立《こうしょう》だな。その新聞はくれてやる。じっくり読んで牙を研《と》ぎ直しておけ」

暗殺者は口の端《はし》を上げて笑うと音も立てずに姿を消した。

新聞に目を通すと事故を疑うような文言が書かれていた。そういえばあの日、届いた手紙を読んだ母の顔が少し強張《こわば》っていたような気がする。手紙を燃やしたあとすぐに出かけて行ったがあれが罠《わな》だったとしたら……。

こちらでも調べてみる必要がありそうだ。


テネーブルから『フィルマン』が見つかったとの報告を受けたのは、その数日後のことだった。

私は再び先日訪《おとず》れた隠れ酒場の一軒家《いっけんや》にやってきていた。

「あなたがフィルマンさん？」

私がカウンターに向かって声を掛《か》けると、カウンターに座る二人の男が振り返った。

カウンターに腰《こし》をかけているテネーブルの隣《となり》には、髭《ひげ》も髪《かみ》も伸《の》びっぱなしの格好をしたおじさんが座っている。格好からして、どうやらその日暮らしの生活をしているようだ。

「今更《いまさら》八年前の事故を調べてどうするつもりだ。あれは転落事故死で片付いただろ」

「あなたの記事を読みました。公爵夫人の転落事故は本当に事故なのか疑っていましたよね？　何か根拠《こんきょ》があるのですか？」

フィルマンは私から視線を逸《そ》らすと、震《ふる》えながらグラスのお酒を呷《あお》った。

「俺は真相に近付き過ぎた……。これを話したら確実に消される」

震えが止まらないのか、グラスがカタカタと音を鳴らして揺《ゆ》れている。

「テネーブル。依頼料《いらい》を追加するから、彼の身の安全の保障もお願いできるかしら？」

一緒《いっしょ》に聞いていたテネーブルに尋《たず》ねると、彼は気まずそうに頭を掻《か》いた。

「あー依頼料はこの前提示された分だけでいいわ」

「協力してくれないってこと？」

「いや……そうじゃなくて……俺もこの事件の真相が気になるし、全面的に協力してやるってこと」

……暗殺者なのに気前がいいな。まさか探偵業に興味が湧《わ》いたとか!?　……それはないか。

「こちらとしてはあなたが協力してくれるならとても助かるけど、本業の方はいいの？」

「……本業は他《ほか》にもやれる奴がいるし、あんたは気にせず好きなだけ俺を使ってくれ」

『やれる』が『殺《や》れる』に聞こえてしまうのは間違《まちが》っていないよね？

「ということだそうですので、あなたの身の安全は彼が保障してくれます。だから知っていることを話してください」

フィルマンは少し戸惑《とまど》いながらも、覚悟《かくご》を決めたのか姿勢を正すと私を真っ直《す》ぐ見た。

「あの事故現場に駆《か》け付けた時、現場はすでにクラヴリー公爵によって封鎖《ふうさ》されていたんだ。それだけならまだ、妻の事故を聞きつけて慌《あわ》ててやってきた公爵が、原因究明に努めているると思えた」

何かを思い出すようにフィルマンは視線を下に向けた。

「少しだけ見えた現場には数の合わない車輪が落ちていて、俺は瞬時《しゅんじ》に馬車同士の衝突《しょうとつ》事故かもしれないと思ったよ。だが俺の前に現れた公爵からは、これは馬の暴走による単独事故だと伝えられた。記者としてもちろん追及《ついきゅう》しようとした。だが……」

フィルマンは拳を強く握った。

「その時に見てしまったんだ……。公爵が持つ杖《つえ》の持ち手に拭《ふ》き取ったような血の痕《あと》が付いているのを……」

「現場にいたのだから血が付いて拭いただけじゃないの？」

「違うんだ！　持ち手についた血が突然消えたように柄《つか》から途切《とぎ》れていたんだ！」

「なるほどな」

黙って聞いていたテネーブルが何かを察したように呟《つぶや》いた。

「暗殺業で重要なのは本当に相手が死んだかどうかだ。もし生きていたら止《とど》めを刺《さ》さないと依頼達成にはならないからな」

「それと杖に何の関係があるの？」

「杖に武器が仕込まれていたとしたら？」

つまり公爵《こうしゃく》の杖は剣《けん》にもなるって言いたいの？　確かにそれなら持ち手と柄の境界で血が途切れていたのにも説明がつく。しかしそれだと、公爵は馬車で死ななかった誰《だれ》かに止めを刺すために、杖に仕込んだ剣を使用したということにもなる。

「公爵は生きていた誰かに止めを刺した……？」

「状況《じょうきょう》から考えて妥当《だとう》なところだろうな」

最初に現場に駆け付けたのも、確実にターゲットの息の根を止めるためだとしたら……。

「新聞を出した日、俺は突然新聞社をクビになった。俺の新聞記事を見た公爵が圧をかけてきたんだ。他の新聞社に勤められないかかけあってもみたが、どこの社にも断られたよ」

翌日の新聞から事故を主張するようになったことを考えると、公爵が記事を操作していた可能性もある。

「俺も若かったからムキになって単独で事故を調べようとしたんだ。お陰《かげ》で今の状況を見たら分かる通り、散々な人生を歩む結果になったけどな」

ただの事故ならここまでする必要はない。その相手が元王族の公爵夫人との衝突事故だったとしても。

公爵の早い到着《とうちゃく》。杖についた血痕《けっこん》。事故を調べようとした記者への圧力。

明らかに何かを隠《かく》そうとしている。

「あなたは衝突事故を疑っていたのよね？　その衝突した相手は誰か分かっているの？」

「俺が分かったのは、事故直前に暴走した馬車が事故現場に向かっていたこと、その馬車は貴族の馬車ではあったが公爵夫人の馬車ではなかったこと、そして大きな音が二回程聞こえたという証言だけだ」

「単独の転落なら、馬車が崖下《がけした》に落ちた時の一回しか大きな音は聞こえないからな」

なんでそんなこと知ってんの？　飄々《ひょうひょう》と答えるテネーブルを訝《いぶか》しそうに見た。

「事故死を装《よそお》うには馬車を転落させるのが一番簡単な方法だからな」

そんなことだろうと思ったよ。

「それにしてもなぜ、クラヴリー公爵家のお嬢《じょう》さんがこの事故を調べようと思ったんだ？」

フィルマンの話を聞いて疑惑《ぎわく》は確信に変わった。公爵夫人と衝突したのは父かもしれない……と。

「……亡《な》くなる直前に私が父に渡《わた》した手作りの胸飾《むねかざ》りを、公爵が隠し持っていたの」

フィルマンの目が見開かれたあと、何かを考え込み始めた。おそらく考えていることは私と同じだろう。

「現公爵夫人との再婚《さいこん》を考えると、もしかしたら公爵が殺したかったのは二人とも……？」

呟くフィルマンに私も同意するように自分の手を握《にぎ》りしめた。

おそらく暴走した馬車は父の馬車であり、暴走するように何か細工をされたんだ。そこに偶然《ぐうぜん》か必然か……居合わせた公爵夫人の馬車と衝突。駆け付けた公爵は証拠隠滅《しょうこいんめつ》のため現場を単独事故に見せかけた。後に母と再婚しても殺しだと疑われないように……。

父の記事を一日遅《おく》れにしたのもきっとそれを考えてのことだろう。

でもこれらは全《すべ》て私達の推測でしかなく、公爵が殺害を企《くわだ》てたという証拠にはならない。

日本なら科学捜査《そうさ》とかで、年数が経《た》った事件でも確実な証拠を得られたりすることもあるが、この世界にはそのようなものはない。せめて事故直後の公爵が刺した跡《あと》とか調べられればもっと……。

突然顔を上げると二人の視線が私に集まった。

「そうだ！　遺体を調べてみようよ！」

私の発言を聞いたフィルマンが慌てて止めに入ってきた。

「ちょっと待て！　遺体を調べるなんて聞いたことないぞ⁉」

そりゃあこの世界には検死なんてありませんからね。

「でも遺体が一番答えを持っていると思うんだよね。テネーブルならどういう状態で亡くなったかくらいは分かるでしょ？」

「お前、八年も経ってるんだぞ？　そのままの状態で身体《からだ》が残っていると思うのか？」

言われてみれば確かに……。

「だが、調べて損はないかもな。少なくとも転落した状況は分かるかもしれない」

テネーブルの言葉にフィルマンが待ったをかけた。

「本当に調べるのか⁉　死者への冒瀆行為《ぼうとくこうい》だぞ！」

「でもさ、遺体だって殺されたかもしれないのに、事故で片付けられるなんて無念じゃない？」

テネーブルを援護《えんご》するように私も同意すると、常識人フィルマンは信じられないといった顔で私達を見つめた。

私だって掘《ほ》り起こさなくて済むならそれに越《こ》したことはない。

「あなただってやられっぱなしは嫌《いや》でしょ？　公爵に一泡《ひとあわ》吹《ふ》かせたいなら私に協力する方が得策よ」

「あんた分かっているのか？　もしこれが殺人ならあんたは……」

「この事故を調べようと思った時から覚悟はしていたから」

自己満足でしかないが、優《やさ》しかった父を思うと償《つぐな》わずにはいられない。

この国には犯罪に加担していなくても処刑《しょけい》にされてしまう場合がある。それが身内から王族殺しという罪を犯した者が出た場合。

王族殺しは一家処刑。残された家族が王族に対して反旗を翻《ひるがえ》さないための措置《そち》だ。これをすることにより、残された一族にも反乱を起こしたら一族ごと処分するという警告にもなっている。

ルディの母親は結婚したとはいえ、元王族。ルディが王位継承《けいしょう》権を持っているのが王族とみなされる何よりの証拠。もし王位継承権を持つ者の母親が殺されたのであれば、この措置が執行《しっこう》される可能性は十分ある。

ただルディは爵位を別の姓《せい》で得たことから、公爵家を継《つ》ぐ意思が無いとみなされ、刑《けい》は免《まぬか》れるはず。

だがクラヴリー公爵の姓を持つ私は……。

自分が書いた責任は自分で取る……とはいえ、告発したら楽に処刑してもらえないかだけ掛《か》け合ってみようとは思っているけど。

こうして父の遺体を調べるべく動き出したのだった。

決行日の夜中。さすがは暗殺者。仕事が早いな。

テネーブルの用意した抜《ぬ》け道から公爵家を抜け出し、墓地に到着した私がランプをかざすと、すでに墓が掘り起こされた状態になっていた。私なんか墓を掘り起こす気満々で、意気込んで汚《よご》れてもいい格好で来たというのに……。

「仕事、早くない？」

「仕事は迅速《じんそく》・正確・丁寧《ていねい》にだ」

その仕事が暗殺でなければ称賛《しょうさん》するところだが……。

「さてと。早速《さっそく》拝ませてもらいますか。あんたは見ない方がいいと思うぞ」

「私のことは気にしなくていいわよ」

「あんまりあんたに遺体を見せると後が怖《こえ》えんだよ……」

ポツリと呟《つぶや》くテネーブルに首を傾《かし》げた。私よりあなたの隣《となり》で震《ふる》えている常識人を気にかけてあげてください。

「無理そうなら見るなよ」

私に念押ししたテネーブルは朽《く》ちた棺《ひつぎ》の蓋《ふた》を開けた。

八年ぶりに見た父は原形を留《とど》めておらず、ほとんど白骨化していた。その姿に生前の父の姿を思い出し涙《なみだ》が出そうになるのを堪《こら》えた。

そんな私や吐《は》きそうになっているフィルマンの心情などお構いなしに、テネーブルは遺体をくまなく調べ始めた。

「あーこれは……頭から落ちてるな」

テネーブルの言葉に様々な心情を抱《かか》えていた各々《おのおの》は、テネーブルを注視した。

「飛び降りると色んな箇所《かしょ》が折れたりするのはもちろんなんだが、足から落ちた場合と頭から落ちた場合では、折れる部位や損傷の度合いが微妙《びみょう》に変わってくるんだ」

「頭から落ちたということは、追われて足を滑《すべ》らせたというのは嘘《うそ》になるわね」

「それだけじゃねえ。生きるために逃《に》げているのに、わざわざ頭から崖《がけ》に飛び込むバカはいねえ。俺が知る限りこの死に方は馬車の転落死に多い」

「間違《まちが》いなく頭からの転落死なのね？」

「ああ。見てみろ。頭蓋骨《ずがいこつ》が粉々で……」

「いえ……その細かい説明は結構です」

遺体を動かしながら説明しようとするテネーブルを制した。

「それ以外の異状はないの？」

「即死《そくし》だったってことくらいかな」

「そう……」

苦しまずに亡くなっただけでも良かったのかもしれない。

……でも待って！　父が即死ならなぜ公爵の杖《つえ》に血が付いていたの⁉

「調べてみるか？」

私の心の声を読んだのかテネーブルは、父の棺を元に戻《もど》しながら聞いてきた。

「……でも相手は元王族だし……」

「あー……それについては問題ない」

「問題ないって問題大ありでしょ」

「いや……その……許可貰《もら》ってるから」

「許可？　誰《だれ》から？」

「その……王族から？」

王族ってまさか王太子殿下《でんか》⁉　そういえば原作ではテネーブルと殿下は刃《やいば》を交えている。もしかして何かのきっかけで殿下と知り合った？　でもそうだとしたら殿下はこの事件のことを知っているということになる。

「その王族にこの事件のことを報告したの？」

気まずそうに視線を逸《そ》らすテネーブルに確信した。

殿下も叔母《おば》の死を疑っていたんだ。それならむしろ好都合。

「許可があるのなら調べてみましょう」

墓を掘り起こす準備などのため、前公爵《こうしゃく》夫人の遺体は後日、調べることになった。

その夜。眠《ねむ》れない私は何度も寝返《ねがえ》りを打っていた。

父の原形を留めていない姿は自分が想像していたより衝撃《しょうげき》的だった。

私に微笑《ほほえ》んでくれた目元や頬《ほお》も、私を抱《だ》き上げてくれた腕《うで》も何もかもが朽ちていた。

零《こぼ》れそうになる涙を誤魔化《ごまか》すため、枕《まくら》に顔を埋《うず》めるとひんやりとした空気が部屋の中に流れ込み私の頬を撫《な》でた。

顔を上げるとベランダの扉《とびら》が開いており、立っていた人物に目を見開いた。

「……ルディ？」

幻《まぼろし》？　本物がいるわけない。だって私はルディを振《ふ》ったのだから……。

「レア」

発せられた声に息をのんだ。

「ルディ……なの？」

どうして？　だってルディはもう……。

私に近付いてきたルディは、涙の痕《あと》が付いた私の頰を撫でた。

「レアが悲しんでいる気がして……」

優しいルディの手付きに止まっていた涙が再び込み上げてきた。

「な……んで？」

私はルディに酷《ひど》いことを言ったのに、どうして優しくするの？

声にならない声を心の中で発すると、ルディが私を包み込むように抱きしめた。

「たとえレアが俺を義弟《おとうと》としてしか見てくれていなくても、簡単にレアを諦《あきら》めるほど俺の想《おも》いは軽くないですよ」

「そんな風に言われたら甘えたくなるから駄目《だめ》だよ……」

「甘えてください。そのために俺はいるのですから」

耳元で囁《ささや》かれた声はどこまでも優しく、気付いたらルディに抱きつきながら泣いた。

次第《しだい》に落ち着いてくると、ルディの腕が緩《ゆる》まるのを感じて思わず抱き締《し》め直した。

何やってんのよ、私！　いつまでも抱きついているわけにはいかないのに！

頭では離《はな》れなければと分かっているが、体が動かない。そんな自分の衝動的な行動に驚《おどろ》いた。

だがそんな私をルディは何も言わずに再び抱きしめ返してくれた。

何だか自分が子どもみたいで気恥《きは》ずかしくなった私は、ルディの胸に顔を埋めながら話題を振った。

「ルディはどうして私にここまでしてくれるの？」

ルディが首を傾げたのが分かった。

「ほら、私って見た目は、意地悪そうで可愛《かわい》い顔をしているわけじゃないじゃない」

「そうですね」

ん？

「言葉も綺麗《きれい》じゃないし」

「そうですね」

え？

「令嬢《れいじょう》としての技術もからっきしだし！」

「それはよく知っています」

「ちょっと……！」

怒《おこ》りながら顔を上げると真剣《しんけん》な面持《おもも》ちのルディに見つめられ、心臓が高鳴るのを感じた。

「それを含《ふく》めて俺はレアの全《すべ》てを愛していますから」

「なに……それ……」

顔が紅潮するのを感じて、隠《かく》すように再びルディの胸に顔を埋めた。

「どこでそんな口説き文句を身に付けてきたのよ……」

「レアに振り向いて欲しくていっぱい勉強しました」

勉強ってどうやって？　誰か知らないけど、うちの子に変なことを教えないで欲しい。

「他《ほか》の女性に使ってないでしょうね？」

訝《いぶか》し気に顔を上げると、ルディが不思議そうに首を傾げた。

「一体レア以外の誰に使うと言うのですか？」

ヒロインとか……とは言えず再び俯《うつむ》いた。ルディがマリエットに同じようなことをするのを想像しただけで嫌《いや》な気持ちになる。こういうことは私だけにしてって思うのは重いかな……。そんな私の心の声に気付いているのかいないのか、ルディが私を抱きしめ直して耳元で囁いた。

「俺がこんなことを言うのは、後にも先にもレアただ一人ですよ」

囁かれた耳が熱い……。

「だからレアが振り向いてくれるまで、口説き続けるつもりです。……いや。振り向いたあとも使うと思います」

嬉《うれ》しい気持ちが膨《ふく》らみ私が小さく笑うと、ルディは私の顎《あご》を持ち上げて上を向かせた。

「レアは笑っている顔が一番素敵《すてき》ですよ」

暗くてよく見えないが、月夜に照らされたルディの顔は笑っているような……。

「おやすみなさい、レア。良い夢を」

ルディの表情に戸惑《とまど》っているうちにルディが私から離れた。

離れていく温《ぬく》もりに淋《さび》しさを感じて手を伸《の》ばすも、そこにはもうルディの姿はなかった。


二度目の決行の日の夜がやってきて、今回もテネーブルが用意した抜《ぬ》け道からこっそり屋敷《やしき》を抜け出した。

墓地に到着《とうちゃく》すると前回と同様、すでに棺《ひつぎ》は掘《ほ》り起こされていた。

仕事が早すぎるでしょ……。

「先に調べておいたんだが、面白《おもしろ》いもんが見つかったぞ」

「面白いもん？」

「右の腹部に細い刃物《はもの》で刺《さ》されたような穴があった」

右の腹部って白骨化していたら分からないんじゃ？

遺体を覗《のぞ》き込むと父とは違《ちが》い綺麗な状態が保たれている。

どういうこと⁉

「さすが王族様。防腐《ぼうふ》処理が施《ほどこ》されているんだよ。しかもかなり丁寧《ていねい》に」

「この傷を見られないよう先に公爵が完璧《かんぺき》に処理を施したのだろう。王家が満足する状態になるように」

テネーブルとフィルマンの説明に私は首を傾《かし》げた。

「でも防腐処理がされたのならその時に切った切り傷じゃないの」

「これは違う。死んだ後の傷じゃない。肉の修復具合から見ても、生きている時に刺された傷だ。間違いない。この傷の形状からいってもこれは……」

「その通りだよ」

誰《だれ》もいないはずの暗闇《くらやみ》から声が聞こえて振り返ると、公爵家の騎士《きし》を従えたクラヴリー公爵が杖《つえ》から剣を抜きこちらに向けてきた。

「なぜお義父様《とうさま》がここに……？」

驚く私を余所《よそ》に、騎士達は私達を囲むとテネーブルとフィルマンを捕《と》らえた。

怯《おび》えるフィルマンとは違い、テネーブルは抵抗《ていこう》することなく大人しくしている。

「まさかこんなことまでする娘《むすめ》だったとは。浅はかな母親と同じだな」

浅はかと言われるより、あの母親と同類にされることの方がショックなのはなぜだろう。

「お前は真実を知ってどうするつもりだったんだ？」

「あなたを処刑台《しょけいだい》に送ってやるのよ！」

「ならそこの二人を殺してお前も殺すしかないな」

公爵が手を上げると、騎士達が剣をテネーブルとフィルマンに向けて振り上げた。

「待って！」

二人は私に付き合ってくれただけだ。これ以上自分のせいで誰《だれ》かを死なせたくない。

「あなたの望みは何なの？」

公爵《こうしゃく》が静かに手を下ろすと騎士達も剣を下ろした。

「私の人形になる王太子妃《ひ》だ」

「思ったより平凡《へいぼん》な望みなのね。権力が欲しいならルディを大事にすれば良かったんじゃない」

「あいつは駄目だ」

そう答える公爵の顔がわずかに歪《ゆが》んだ。

「お前もあいつを手懐《てなず》けたなどと勘違《かんちが》いしていると、いつか喉《のど》を掻《か》き切られるぞ」

シャレにならんことを言うな。

それにしても公爵は以前からルディを危険視していたんだ。いつか自分を殺すかも……と。

「お喋《しゃべ》りはここまでだ。私に従うか、それとも二人を見殺しにするか、選ぶがいい」

公爵は私の喉元に剣を突《つ》き付けると、合図とばかりに後ろの騎士達も一斉《いっせい》にテネーブルとフィルマンに剣先を向けた。

その緊張《きんちょう》を打ち破ったのは他でもないテネーブルだった。

「あー俺、死にたくないからあんたには悪いけど、そのおっさんに従ってくんない？」

味方からの裏切りに公爵の口角がわずかに上がった。どちらにせよ二人を殺す選択肢《せんたくし》はなかったのだからここは従うしかない。

「分かったわよ。従えばいいんでしょ」

「味方に助けられたな。いや。裏切られたと言った方が正しいか？」

公爵が満足そうに剣を仕舞《しま》いながら騎士達に指示を出すと二人は連行された。通りすがりにテネーブルがお気楽な調子で私に笑いかけてきた。

「牢《ろう》の中は暇《ひま》だから、前にあんたが教えてくれた手品でもして遊んでいようかな」

テネーブルが牢の中でできる手品って、原作の中でも出てきた一つだけだよね。


公爵邸《てい》に戻《もど》ってきた私は自室の状態に愕然《がくぜん》とした。

窓は全て木で打ち付けられ、入口は廊下《ろうか》側からしか施錠《せじょう》できないように作り変えられていた。絶対に逃《に》がさないという意志を感じる。この状況《じょうきょう》に私が出かけている間によく準備したなと逆に感心した。

部屋の状態にあきれていると、ドタドタと廊下から騒《さわ》がしい足音が響《ひび》き、姿を見せたのは鬼《おに》のような形相をした母だった。母は現れた勢いのまま私に摑《つか》みかかってきた。

「なんてことをしてくれたのよ、あんたは！　せっかく邪魔《じゃま》な奴等《やつら》を消せたのにあんたまで私の邪魔をする気なの⁉」

邪魔な……奴等？

私の髪《かみ》を摑んで引っ張る母の頰《ほお》に、平手打ちをして割って入ったのは公爵だった。

「あ……あなた……その子を放《ほう》っておくのですか？　その子は私達の秘密を……！」

「黙《だま》れ‼」

秘密ってまさか⁉

「……お母様も加担していたのですか？」

「……加担というよりはお前の母が首謀者《しゅぼうしゃ》だ。私はただお前の母の尻《しり》ぬぐいをしてやっただけだ」

じゃあ父の馬車が暴走したのも、公爵夫人をあそこに呼び寄せたのも……母の仕業《しわざ》ってこと⁉

「お前は部屋に戻っていなさい」

公爵に見下ろされた母は、頰を押さえながらふらつく足取りで部屋を出て行った。

「全くあの女は浅はかで困る。少し構ってやれば何でも言うことを聞く良い駒《こま》ではあるが」

「母を利用するために再婚《さいこん》したの？」

「私の必要な情報を手に入れられる女が必要だったからな。男の世界では聞けない情報を女達はよく漏《も》らす。お陰《かげ》で邪魔な奴等を黙らせるのに随分《ずいぶん》利用させてもらったよ」

母はこの男を愛しているが、この男は母に一切《いっさい》の愛情がない。

「娘もいるというし、将来王太子妃にでもさせれば私の地位は確固たるものになるはずだった。ルディウスがお前に興味を示さなければ」

苦々しそうに公爵の顔が歪んだ。

「あいつのあの私を監視《かんし》するような目。いつも喉元に刃《やいば》を突き付けられているようなあの感覚。あいつがいるだけで私はいつも生きた心地《ここち》がしなかった」

エドワール侯爵《こうしゃく》によって崖《がけ》に追い込まれた時の、助けにきてくれたルディのことを思い出した。確かにあの時は自分に向けられていないのに恐怖《きょうふ》を感じた。公爵にとってあの時のルディの視線が、ずっと自分に向けられていたということなのかもしれない。

「だが、あいつから公爵家を出て行ってくれたのは好都合だった。私の扶養《ふよう》下にいるお前を人質《ひとじち》にとれば、外に出たあいつは公爵家のことには手出しができないからな」

だから跡継《あとつ》ぎであるルディが公爵家を出ても反対も何もしなかったのか。監視を付けていたのも、もしかして私が人質であることをルディに伝えるため。

「あとはお前が殿下《でんか》を誘惑《ゆうわく》すれば全《すべ》ては私の思い通りだ」

公爵は私の顎《あご》を持ち上げて不敵に笑った。

「残念だけど殿下は今回の件について全てご存じよ。あなたも間もなく捕《つか》まるわ」

テネーブルが殿下に報告しているなら、遺体を確認《かくにん》した今夜に報告がなければ不審に思うはず。

「残念なのはお前の方だ。殿下は何もご存じではない。むしろお前との婚約を喜んでくださっているくらいだ」

テネーブルが報告していたのは殿下じゃない？　それとも何か考えがあってのこと？

「明日《あした》は大人しく書類に署名をしてくるんだな。ついでにお前の母のように殿下に色目でも使ってきたらどうだ」

ゲスな笑《え》みを浮《う》かべる公爵に、近くにあった花瓶《かびん》の中身を投げつけた。

無表情になった公爵は私を突き飛ばすと、かけられた水を綺麗《きれい》な刺繍《ししゅう》が施されたハンカチで拭《ぬぐ》った。

「お前の父親が持っていた無様な胸飾《むねかざ》り。お前の母親を脅《おど》すために取っておいたがどうやら不要なようだ。お前の母が刺繍したこのハンカチのように、ゴミとして処分しておいてやろう」

手放したハンカチが床《ゆか》にヒラヒラと落ちる寸前で公爵は足で踏《ふ》み潰《つぶ》した。その瞬間《しゅんかん》、不格好な刺繍が施《ほどこ》されたハンカチを価値あるものと評価してくれたルディの姿を思い出した。

「あなたとルディは似ていると思っていたけれど、それは勘違いだったようね」

突き飛ばされて尻餅《しりもち》をついていた私は立ち上がると、不敵に笑いながらハンカチを踏み潰している公爵を真っ直《す》ぐ見据《みす》えた。

「ルディは人から貰《もら》った贈《おく》り物を無下に扱《あつか》うような人じゃない！　あなたは優秀《ゆうしゅう》過ぎるルディに嫉妬《しっと》して怯《おび》えているだけの小者よ!!」

次の瞬間、頰に衝撃《しょうげき》が走った。

「いい気になるなよ、小娘《こむすめ》。人質を殺されたくなかったら大人しくしていることだな」

公爵は部屋の鍵《かぎ》を閉めて去って行った。

静かになった部屋でジンジンと痛む頰を押さえた。

『大丈夫《だいじょうぶ》ですか』

母にぶたれたのは私じゃないのに、あの時私を気遣《きづか》ってくれた優《やさ》しい声。

無表情なのにどこか温かくて心地の好《よ》い視線。

ああ……。私はルディにこんなにも愛されていたのか。

「ルディに……会いたい……」

翌日。叩《たた》かれた頰の赤みを化粧《けしょう》で隠《かく》し、ドレスに着替《きが》えて訪《おとず》れたのは王宮だった。王太子・シルヴィードと婚約の誓約《せいやく》を交《か》わすためだ。

公爵に従うと約束したが、最後にテネーブルが言っていた言葉に、事件の真相について殿下に告発しようか迷いが生じている。おそらくテネーブルは牢からの脱出《だっしゅつ》を試みるつもりなのだろう。しかしもし脱出できなかったら二人は間違いなく公爵に殺される。私が余計なことをしないよう二人が牢屋《ろうや》にいることは、朝の段階で公爵と牢に行き確認させられている。殿下に密《ひそ》かに公爵を捕《と》らえて二人を助けてもらえるようにお願いしてみる？　しかしテネーブルは暗殺者。殿下に助けてもらっても、すぐに捕らえられてしまうのは目に見えている。協力してもらって処刑《しょけい》台送りに導くのは酷《こく》というもの。

「久しぶりだね、レリア嬢《じょう》」

いつの間にか約束の部屋に辿《たど》り着いていた。

部屋の入口で待ってくれていた様子の殿下は、私に爽《さわ》やかな笑顔を投げかけた。こんなに良い人を利用するなんて私にはできない。

でも……今、話したら二人の命は……。もう、どうすればいいのよ!!

席に促《うなが》され座ると目の前に婚約の誓約書が差し出された。そこには王太子・シルヴィードのサインがすでに入っており、あとは私のサインを書き込むだけになっていた。

どうする？　書き込んだら公爵の思うまま。でも二人を見捨てられないし！

「……殿下！　あの、私は……」

迷いながら口を開いたその時、近衛《このえ》兵が慌《あわ》てた様子で駆《か》け込んできた。

「殿下。ご報告したいことが……」

近衛兵はチラリと私の方に視線を向けた。

聞かれて困るような内容なのかな？　退席しようと立ち上がる私を殿下が制した。

「彼女に関係のある話ならこのまま聞こう」

すると少し躊躇《ためら》ったように近衛兵は殿下に一枚の新聞を手渡《てわた》した。

「この件で王宮前に民《たみ》達が集まっております」

殿下は新聞を読み終えると近衛兵を下がらせた。

「それで？　先程《さきほど》何か言いかけたようだが？」

新聞を畳《たた》むと殿下は私に視線を向けた。

「私は……王太子妃《ひ》にはなれません」

「理由は……これかな？」

殿下は先程折《お》り畳んだ新聞を広げて私の前に差し出した。そこには大きく『クラヴリー公爵、前公爵夫人を殺害。事故は偽装《ぎそう》だった。その真相を暴《あば》いたのはクラヴリー公爵令嬢』と書かれてあった。記者の名前にはフィルマンの名前が書かれており、二人が無事脱出できたことに安堵《あんど》した。

「殿下。この記事の内容は全て事実です。私は犯罪者の娘《むすめ》です」

「王族殺しは一家処刑……か」

「覚悟《かくご》の上です」

私の覚悟に無言の殿下。

一応ダメもとで最後のお願いだけしてみようかな。

「……あの処刑なんですけど……痛くないように逝《い》かせて頂けないでしょうか……」

殿下が鋭《するど》い目つきで視線を上げた。

「それは難しいな……」

甘ったれんなってことですか。痛いのだけは嫌《いや》だな……。

「君を処罰《しょばつ》したら暴動が起きかねないからな」

ん？　暴動⁇

「記事、最後まで読んでないの？」

新聞を手に取り内容を最後まで読み終えて驚《おどろ》いた。そこには『自分が処刑されるのを覚悟で死者の無念を晴らしたレリア・アメール・クラヴリー公爵令嬢を罰《ばっ》する必要があるのだろうか。王家に今一度問いたい』と書かれていた。

「王宮に民達が集まっていると言っていただろう。おそらくこの新聞を読んだ民達が君を無罪にするよう嘆願《たんがん》しに来たのだろう」

まさか街で仲良くなった皆《みんな》が？　でも私は公爵令嬢であることは話していないのに……。

自分のために皆が動いてくれていることに涙《なみだ》が込み上げてきた。

「そもそも一家処刑は王家に遺恨《いこん》を残さないための処置だが、今回に限っては例外措置《そち》となりそうかな」

……それって……。

「殿下《でんか》。もうよろしいでしょうか？」

後ろから聞こえてきた声に胸が高鳴った。この無愛想《ぶあいそう》な声音《こわね》と話し方。

「だから音を立てて入って来いっていつも言っているだろ。怖《こわ》いんだよ、お前は」

「どうせ話の内容は知っているのですから問題はないと思いますが？　それにいつまでも話し込んで返してくれない殿下が悪いです。未練たらしいですよ」

「お前に言われたくないわ」

振《ふ》り返ると私の視線に気付いて見下ろされたが今なら分かる。

冷たく人を蔑《さげす》む目ではなく、優しく思いやりのある目だということが。

「レア、待たせてしまったようですね。一先《ひとま》ず俺の屋敷《やしき》に向かいましょう」

腕《うで》を摑《つか》まれ立たされると、殿下への挨拶《あいさつ》もそこそこに歩き出した。

部屋を出てすぐに回廊《かいろう》で私は私の腕を摑むルディを引っ張った。

「ルディ、待って。待って！　私は一緒《いっしょ》には行けないの！」

「何故《なぜ》ですか？」

立ち止まると騎士《きし》服に付いたマントを揺《ゆ》らしながら、ルディが振り返った。

父が死んだのもルディの母親が死んだのも、もとはと言えば私が適当に書いた小説のせい。直接手を下していないにしても、間接的に殺してしまったも同然だ。だから何かしらの罰は受けたい。

何も言わない私をルディは静かに見つめた。

「レアが何に責任を感じているのかは知りませんが、伯爵《はくしゃく》と母上を殺したのはあの二人であってレアではありません」

でも私がこんな話を書かなければ……！

「もし仮にレアが二人の殺害計画を知っていたとしても、それを実行したのはあの二人です。クラヴリー公爵夫妻もエドワール侯爵《こうしゃく》一家も、みんなそれぞれの目的のために自分の意志で決断し、動いている」

それは私がそういう風に書いたからで……。

「少なくとも俺は今、レアを助けたいという意志でここにいます」

ルディの言葉に驚いて顔を上げた。

「誰《だれ》かに言われたからでも頼《たの》まれたからでもない。自分がレアの傍《そば》にいたいと思ったからここにいます」

こんなこと原作のルディウスでは絶対にあり得ないことだ。だってルディウスはヒロインにだけ振り向くような人だから。

だけどここにいるルディは私のために動いてくれている。

自分の意志で。

私の頬《ほお》に涙が伝った。

「私は……許されてもいいのかな？」

「誰が罰するというのですか。そんな奴《やつ》がいたら俺が始末してやりますよ」

「もう、すぐ物騒《ぶっそう》なことを考える」

呆《あき》れながらもクスリと笑うとルディの口元が緩《ゆる》み……。

「やっと笑ってくれましたね」

……グハッ！

そのまま失神した。

油断していた。

まさか笑顔《えがお》で殺される日が来るとは……。

# 第五章　俺の宝物を守るために

レアが俺の母の死を事故死ではないと疑っていることを知り数日が経《た》った。俺も母が亡《な》くなったあの日、何故突然《とつぜん》出かけたのか調べ始めた。

そんな俺のもとに窓から暗殺者が侵入《しんにゅう》してきた。

「不審者《ふしんしゃ》ということで殺されても責任は取れないぞ」

「大丈夫《だいじょうぶ》大丈夫。この屋敷で伯爵様ほど怖い奴はいないから」

今度窓から侵入したら攻撃《こうげき》してやろうか？

そんな俺の心の内を無視して報告を始めた。

「それでちょっと報告しづらい展開になったんだけど……」

「一言一句余すところなく報告しろ」

「だよなぁ。あー……墓を掘《ほ》り起こすことになった。俺の提案じゃないからな！　嬢《じょう》ちゃんが言い出したことだからな！」

俺に攻撃されると思ったのか暗殺者が慌《あわ》てて弁明し始めた。

心配しなくてもそんな奇想天外《きそうてんがい》なことを言い出すのは、レアくらいだと分かっている。

「……悪くない案だ」

「へ？」

レアの提案だし。

俺は袋《ふくろ》に入った金を暗殺者の前に出した。

「これだけあれば短時間で掘り起こせるだろ」

「……これ、余ったら貰《もら》ってもいいのか？」

「好きにしろ」

袋の中を確認《かくにん》した暗殺者が嬉《うれ》しそうに金貨を指で弾《はじ》いた。

「それと当日は俺も行く」

レアを他《ほか》の男に任せたくないというのもあるが、手作りの胸飾《むねかざ》りを渡《わた》すくらい仲の良かった父親の亡骸《なきがら》を見に行くのだ。レアの心情が心配だ。

「あっそ。んじゃ、また墓でな」

俺の動向に興味のない暗殺者は、いつもの軽い調子で返事すると再び窓から出て行った。


翌日。ランドール伯爵家の騎士から母に仕えていた使用人が見つかったと報告を受け、直《す》ぐに国境近くの村に向かった。この使用人ならば、当時手紙を貰った母が、あの日だけ出かけた理由が分かるかもしれないからだ。

その狙《ねら》い通り、元使用人から聞かされたのは、当時母に嫌《いや》がらせのような手紙を送ってきていた女がいたという話だ。いつもは無視していた母も、何故か事故当日だけはその手紙に怒《おこ》りだし女のもとに向かったらしい。

「その女とは誰だ？」

元使用人が口を開こうとした瞬間《しゅんかん》、殺気を感じて振り返ると林の奥で何か光る物が見えた。ボウガンだと気付き咄嗟《とっさ》に剣《けん》を抜《ぬ》き、飛んで来た矢を剣で弾いた。

狙いは使用人の口封《くちふう》じか？　この元使用人が余計なことを言わないように見張っていたのか。

直ぐにランドール伯爵家の騎士達に追うように指示を出すも、父が雇《やと》った暗殺者なら騎士達では捕《つか》まえられないだろう。ギリッと奥歯を噛《か》みしめると後ろで震《ふる》えている元使用人が声を荒《あら》らげた。

「これもきっとあの女の仕業《しわざ》です⁉　現公爵夫人の！」

母は黙《だま》ってはいられない何かを手紙で伝えられ屋敷を出た。そしてその誘《さそ》いは見事に成功した。

レアの母の企《たくら》みによって……。

後処理に追われ戻《もど》るのが遅《おそ》くなった俺は、遺体の確認をする時間に間に合わなかった。

手作りの胸飾りを渡すほど実父と仲が良かったレアが、父親の朽《く》ちた遺体を見て平気なわけがない。

父の気配に警戒《けいかい》しながら公爵邸《てい》に戻ったレアのもとに駆《か》け付けると、顔を上げたレアの頬に伝う涙《なみだ》の跡《あと》を見て会いに来て良かったと安堵《あんど》した。

最初こそ自分の感情を押し殺そうと我慢《がまん》していたレアだったが、俺の素直《すなお》な気持ちに心が緩んだのか俺に抱《だ》きついて泣き出した。レアは滅多《めった》に人に甘えない。だからこそレアが初めて俺に甘えてくれたことが嬉しかった。

これは……期待してもいいのか？

レアに聞こえてしまうのではないかと思うくらい心臓がうるさく鳴り響《ひび》く。

レアがよく読んでいる恋愛《れんあい》小説で勉強してみたが……もしかして意外と使える？

するとレアは俺の言葉に対し「他の女性に使ってないでしょうね？」と不安そうに尋《たず》ねてきた。レア以外に使って何の意味があるんだ？　レアの不安の正体が分からず首を傾《かし》げるも、もしこれが嫉妬《しっと》からきている感情なら嬉しいことこの上ない。

嬉しい気持ちを抑《おさ》えながら、ようやく笑ってくれたレアの顔が見たくて顎《あご》を持ち上げたところで父の気配を感じた。レアが眠《ねむ》るまで一緒《いっしょ》にいてあげたかったが、ここで見つかると父はレアと殿下《でんか》の婚約《こんやく》を早めようとするかもしれない。名残惜《なごりお》しい気持ちを残してレアから離《はな》れ、公爵家を後にした。

暗殺者から母の遺体も確認することになったと報告を受け、その決行日の昼。

「伯爵《はくしやく》になられたお祝いにこれを作ってきたのですが、お口に合うと嬉しいです」

目の前に座るセルトン伯爵令嬢が差し出した、手作り菓子《がし》が入った籠《かご》に視線を落とした。

この忙《いそが》しい時に、伯爵家《うち》に押し入ってきたこの女の相手なんかしていられない。

「俺は使用人が作った物以外は食べられないのでお持ち帰りください。ご用件がお済みでしたらこれで……」

「ルディウス様のご気分を害するようなことを、私は何かしましたか？」

話は済んだとばかりに立ち上がると女が声を上げた。

害するもなにも今のこの状況《じようきよう》に気分が悪い。

「そうですね……不要だという物を何度も押し付けたり、伯爵になり忙しい俺の時間を取らせたりと、ご自分のなさっている行動が迷惑《めいわく》だと自覚されていないところでしょうか」

そのまま立ち去ろうと歩き出すと、女が俺の進路を防いで俺を見上げた。

「私、見たのです！　夜遅《よるおそ》くにレリア様が他の男性と親しそうに歩いていらっしゃるところを！　まるでお二人は恋人《こいびと》同士のようでした」

今のレアにそんな余裕《よゆう》はない。異性と一緒に街を歩いているとしたら、おそらくレアを公爵邸まで送り届けた暗殺者だろう。レアと恋人同士になれるとは……良いご身分だな。

怒《いか》りが込み上げ、無言で立ち止まった俺に女はここぞとばかりに詰《つ》め寄ってきた。

「私なら……私ならルディウス様を悲しませるようなことはしません！　だって私はルデ

ィウス様を愛していますから……」

視線だけ女に向けると、恥《は》じらうように頬《ほお》を赤らめながら瞳《ひとみ》を潤《うる》ませている。

そういえば以前レアが言っていたな。泣いている女を見ても興奮するなと。その心配は無用ですよ。興奮するどころかこの女の演技に冷めましたから。本当にこの女が俺を想《おも》っているのなら、不確かな情報で相手を動揺《どうよう》させてその隙《すき》を突《つ》こうとはしない。

「あなたは忘れているようですが俺は伯爵です。ただの伯爵令嬢であるあなたが、私的に会話できるような立場ではないことくらいご存じですよね。それともあなたの養父はそんな基本的な礼儀《れいぎ》も教えていないのですか？」

俺の指摘《してき》に顔を真っ赤に染める女を放置して部屋を出た。

決行時間となり、俺も母の遺体を確認しに行くため目立たないよう黒いマントを羽織り、フードを被《かぶ》ると伯爵邸《てい》を出た。

馬車だと目立つため徒歩で約束の墓地に向かっている途中《とちゅう》、酔《よ》っ払《ぱら》い達が妙《みょう》な話をしているのが聞こえてきた。

「その男、どっかの貴族の墓を掘り起こした話をしたら大金を貰ったって喜んでいてよ」

「その話、詳《くわ》しく聞かせろ」

俺が酔っ払いの肩《かた》を摑《つか》むと、酔っ払い達は眉《まゆ》を寄せた。

「なんだ兄ちゃん？　痛《い》てぇじゃねえか」

ボキボキと指を鳴らしながら酔っ払い達は俺に凄《すご》んできた。

こんなことをしている場合ではないのだが、情報が父に漏《も》れていたとしたら最悪だ。

殴《なぐ》りかかって来る酔っ払い達を次々に気絶させ、怯《おび》える最後の一人に剣先を向けた。

「死にたくなければ詳しく話せ」

俺に見下ろされた男は体を震わせながら拝むように手を合わせた。

「は……墓掘りの男がどっかの貴族の女に何の墓を掘り起こしたのか尋ねられたから、教えてやったら礼にって大金を貰ったとかで……」

貴族の女？　公爵夫人《レアの母》か？　あの女はこういう男達と関《かか》わることを嫌《きら》っているはずだが……。もしくは父の指示か？

どちらにせよ墓掘りの男は、暗殺者が墓を掘らせるのに依頼《いらい》した男に違《ちが》いないだろう。

「大金を貰った男はどこにいる？」

「し…知りません。どこかに消えちまったので……」

口封じに殺されたのか？　だとしたらレアが危ない！

俺は急いで母の墓場に向かった。

墓場には遠目からでも異変を感じられるような無数のランプの灯《あか》りが見えた。

近くまで来るとレアや暗殺者の姿はなく、公爵家の騎士《きし》が母の棺《ひつぎ》を燃やそうと準備しているところだった。その様子からも母の遺体には燃やさなければいけない何かがあると察した。証拠《しょうこ》をここで失うわけにはいかない。

俺は剣を鞘《さや》から抜くと静かに、それでいて素早《すばや》く騎士達に振《ふ》るった。異変に気付いた騎士達も剣を抜くも……遅い。俺は隊長だけを残し、全員を気絶させた。

「ル……ルディウス……様」

隊長の喉元《のどもと》に剣先を突き付けた。

「この遺体を燃やすということがどういうことか分からないお前達ではないだろう。このことが王に知られれば公爵だけでなく、お前達全員も裁かれることになる」

俺が威圧《いあつ》すると隊長はその場に力尽《ちからつ》きるようにへたり込んだ。

遺体とはいえ母は元王族。その遺体を燃やすということは不敬罪にあたる。しかもそれが殺人の証拠隠滅《いんめつ》のために燃やすなら尚更《なおさら》だ。犯罪に加担していることへの罪悪感と、公爵に誓《ちか》った忠誠心の葛藤《かっとう》でこいつも苦しんでいるのだろう。だから俺を見上げた目には救いを求めるような感情が窺《うかが》えた。なら精々その良心とやらを利用させてもらうだけだ。

「だが俺の指示に従えば、遺体を燃やそうとしていたことは不問にしてやることもできる」

隊長の顔から苦悶《くもん》の色が消え、その目には一縷《いちる》の望みを期待しているようだ。

俺はそんな男に、父には遺体を燃やしたと嘘《うそ》の報告をするよう命じた。あまりにも簡単な要求に隊長は驚《おどろ》いていたが、約束を破ったら死を覚悟《かくご》しろと脅《おど》すと大きく何度も頷《うなず》いた。

これだけ脅しておけば大丈夫《だいじょうぶ》だろう。なぜなら公爵家の騎士達は、俺が父以上に容赦《ようしゃ》のない人間だということを嫌《いや》という程《ほど》知っているから。

その後に向かった先はもちろんレアのもとだった。


公爵邸は夜なのに騎士達が慌《あわ》ただしく動き回っていた。

長年住んでいた家だ。忍《しの》び込むなど造作もない。俺は軽々と屋敷《やしき》の中に潜入《せんにゅう》し、レアの部屋のベランダへと向かった。

木で打ち付けられた窓の隙間《すきま》から中を窺うと、父が部屋を出ていくところだった。

無事で良かったことには安堵したが、レアが沈《しず》んだ表情をしているのには胸が痛んだ。

ここから助け出したい気持ちを抑えながら、離れようとするとレアがポツリと呟《つぶや》いた。

「ルディに……会いたい……」

振り返っていますぐこの木で打ち付けられた窓を突き破りレアを連れ出したい。でも今、これを壊《こわ》したら父が駆け付けてすぐにでも王太子と婚約させようと動くだろう。そうなったらもう二度とレアをこの手で抱きしめることができなくなる。

レア。必ず助けるから。だからもう少しだけ待っていてくれ――！

後ろ髪《がみ》を引かれる思いでレアの部屋を後にした俺は牢屋《ろうや》に向かった。

牢の前にいた見張りを静かに眠らせるとフードを外した。

「役立たず。さっさと報告しろ」

「嬢《じょう》ちゃんが傷付かないように、大人しく捕《つか》まってやってるっていうのに酷《ひど》い言いようだな。俺にはテネーブルという名前が……」

「お前の名などに興味はない」

俺が来ていることに気付いていた暗殺者は、驚きもせずいつもの軽い調子で返答してくるも途中で遮《さえぎ》った。

さっさと事情を説明するように促《うなが》すと、暗殺者はここに来るまでの経緯《けいい》を報告し始めた。

「ここに今回の事件をまとめたメモがある」

そう言いながらフィルマンという男が俺に手帳を手渡《てわた》した。中を確認《かくにん》するとそこには事件の全容が事細かに記されていた。これがあればレアの処刑《しょけい》は免《まぬか》れるかもしれない。

レアを助ける方法について考えていると、暗殺者が報告を追加した。

「嬢ちゃんは明日《あした》、王太子と婚約させられるそうだ」

父の考えとしては、たぶん一番邪魔《じゃま》な俺の口を封《ふう》じたいのだろう。父は俺がレアに想いを寄せていることを知っている。だから父は俺がこの事件のことを知っていると思っている可能性が高い。父がレアと殿下《でんか》との婚約を急ぐのはきっと、俺がこの事件に関与《かんよ》しないという保険が欲しいのだろう。レアに新しい罪を作らせる形で。

レアがもしこの事件を知っている状態で殿下と婚約《こんやく》し、事件が明るみに出た時は、レアは王族を謀《たばか》った罪に問われる。だがこの事件が表沙汰《おもてざた》にならなければ、レアの罪もないことになる。つまり俺はレアが殿下と婚約した場合は、この事件を消すために動かなければいけなくなるということだ。

「その前に決着をつける。明日、レアが屋敷を出たらお前等はここから脱出《だっしゅつ》しろ。それとフィルマンと言ったか？　この手帳の中身とお前の名前を使わせてもらう」

フィルマンはコクコクと頷いた。

「あと……脱出する機会を逃《のが》すと、俺が騎士を連れて乗り込んでくるから気を付けろよ」

役に立たない暗殺者を捕《と》らえてもいいのだが、レアが悲しみそうだから忠告はしておいてやろう。

公爵邸《こうしゃくてい》を離《はな》れた俺が向かったのは新聞社だった。

「一人も逃《に》がすな。全員集めろ」

俺の指示で伯爵《はくしゃく》家の騎士達が社内にいた全員を一ヶ所に集めた。

「ジェロームはどいつだ」

俺が尋《たず》ねると社員全員の視線が一人の男に集まった。

「そいつは虚偽《きょぎ》の報道をした疑いがある。捕らえろ」

逃げようともがくジェロームを騎士が捕らえている間に、俺は他《ほか》の記者にフィルマンの手帳を渡《わた》し、これを記事にして朝一で配るよう指示を出すと新聞社を後にした。

騎士に新聞社の監視《かんし》を任せて俺は殿下のもとを訪《おとず》れていた。

「お前……時間考えろよ……。しかも寝室《しんしつ》に忍び込むとか……暗殺者か」

「レアの命とあなたの睡眠《すいみん》を天秤《てんびん》にかけた結果です」

天秤に乗せるまでもないが。

俺は容赦なく眠《ねむ》そうに肘《ひじ》をついている殿下に事件の全容を報告した。

「お前の母親の墓を掘《ほ》り起こした件は犯罪の立証に必要だから黙認《もくにん》するが、民意を利用しようとするのは難しいと思うぞ」

「しかしレアを処刑から救うにはそれしかありませんから」

俺から報告を聞いた殿下は難しい顔をしていた。

俺が考えたレアを処刑させない方法。それは新聞を使い民意を動かすことだ。多くの民《たみ》が異を唱えれば王族と言えど無理に処刑の執行《しっこう》はできない。

「だが民が動くかどうかが問題だ。読んですぐに動くとは……」

「その心配はいりません」

俺の言葉に殿下は目を見開いた。

レアは公爵令嬢という立場を隠《かく》し、平民の娘《むすめ》として街の奴等《やつら》と仲良くしていた。だが街の奴等はレアが公爵令嬢だと知っていて、それでもレアのために知らない振りをしてくれていた。レアがみんなと仲良くしたいと思っていることを、街の奴等は察したからだろう。そんなあいつらならきっと先導してレアを助けるため動いてくれる。

「たとえ民意が動いたとしても、今日の朝行われる私との婚約の誓約書《せいやくしょ》にレリア嬢が署名をしたら、公爵に脅されていたとしても王族を謀った罪で問われることになるぞ？」

殿下と婚約をすれば王族を謀った罪に問われることくらい、レアも分かっているだろう。そんな公爵の罪を暴《あば》こうと動いているレアが、自分から罪になるような愚行《ぐこう》を犯《おか》すはずがない。レアをずっと見てきた俺だから分かる。

レアが無垢《むく》な笑顔《えがお》で俺を呼ぶ姿が目に浮《う》かんだ。

「それこそ無用な心配です」

レアを想《おも》いながら返事をした俺に殿下は息をのんだ。

「お前……そんな顔もできるんだな。もう少し他の人間に対してもそのくらいの気持ちで接してくれるとありがたいのだが。みんなお前の放つ空気が冷たすぎて怖《こわ》がっているぞ」

他の人間などどうでもいい。口には出さないが正直、目の前の殿下もどうなろうと俺の知ったことではない。まあ気遣《きづか》っているならこんな夜中に叩《たた》き起こしたりもしないだろうが。

「それで？　罪人とはいえ本当に実父をお前が捕らえる形でいいんだな？　周囲からの醜《しゅう》

聞《ぶん》は避《さ》けられないぞ？」

「周りが俺をどう見ようとどうでもいいです」

「全くお前は……もう少し気にしろよな」

たった一人にさえ嫌《きら》われなければ俺にとっては大した問題ではない。俺の無関心っぷりに殿下は深い溜息《ためいき》を吐《つ》いた。

「分かったよ。私がお前を母親の敵討《かたきう》ちに立ち上がった勇者に仕立ててやるから、自由に動け」

「別にそんな名誉《めいよ》はいりませんが？」

「お前な、もう少し考えろ。お前と一緒《いっしょ》にいるレリア嬢まで同じ目で見られるようになるんだぞ」

そう言われると何も言えなくなる。レアが穏《おだ》やかに過ごせるに越《こ》したことはないからな。

「お礼に結婚式には招待しますね」

「レリア嬢に結婚してもらえれば……だがな！」

レアに振《ふ》られた嫌な記憶《きおく》が蘇《よみがえ》ったが、今度は絶対に逃がさない。わずかに口角を上げる俺に殿下は『駄目《だめ》だこりゃ』と小さく首を振ったのだった。

その日の朝、レアが公爵邸を出たのを確認して俺は殿下の命で公爵邸に乗り込んだ。

「ルディウス！　お前は父を殺すのか!!」

公爵邸《こうしゃく》に乗り込んできた俺に向かって杖《つえ》に仕込まれた剣《けん》で攻撃《こうげき》してきたが、俺に老いた人間の剣技が通用するわけがない。俺は軽々と父の剣を弾《はじ》くと喉元《のどもと》に剣先を突《つ》き付けた。

「こんなことをしてただで済むと思っているのか、ルディウス！」

捕らえられ激高する父を俺は無表情で見下ろした。

「何をするの!?　私は公爵夫人なのよ!!」

縛《しば》られた状態で騎士《きし》に連れて来られた公爵夫人は、相当暴れたのか髪《かみ》が乱れている。

騎士が二人を俺の前に座らせた。

「王太子殿下の命により、前クラヴリー公爵夫人殺害容疑でお二人を捕縛《ほばく》します」

「な……何を言っているの!?　あれはただの衝突事《しょうとつ》――」

「何も喋《しゃべ》るな!!」

父に怒鳴《どな》られた夫人はビクリと肩《かた》を震《ふる》わせて俯《うつむ》いた。

「あれを衝突事故だと発言した時点であなたの有罪は確定です」

「お前は姉も死に追いやるつもりなのか？」

父にとってレアは切り札だったのだろう。俺が絶対に公爵家には手出ししないという。

「レアのことはご心配なく。貴方《あなた》方はご自分の身を心配された方がいいですよ」

父の屈辱《くつじょく》に満ちた顔を見ても何の感情も湧《わ》かない。そうか。俺はもうずっとこの男を父として見ていなかったのか。もしかしたら産まれた時から父ではなかったのかもしれない。

二人のことは騎士に任せて俺は王宮へと急いだ。

俺の心を唯一《ゆいいつ》動かすことができる大事な人を迎《むか》えに行くために。


やっとレアを迎えに行き、気絶したレアを支えながら薄《うっす》らと赤く腫《は》れた左頬《ひだりほほ》に触《ふ》れた。

処刑《しょけい》前にあいつらの顔を原形を留《とど》めないくらい殴《なぐ》り倒《たお》してやる。

俺の不穏《ふおん》な空気にさらされたレアはうなりながら眉《まゆ》を寄せた。

「しゅ……終末の日がぁ……」

うなされるレアの手を握《にぎ》った。

大丈夫《だいじょうぶ》だよ、レア。何があってもレアだけは俺が守ってあげるから。

たとえ世界で生きているのが俺達だけになったとしても……。

「か……監禁《かんきん》される……」

しかし俺の想いが届いていないのかレアの眉は益々《ますます》寄るのだった。

# 第六章　甘い義弟

目を覚ますと見慣れない天井《てんじょう》が視界に広がった。

ここはどこ？　確か私、王宮でルディに会って、それで……ルディの笑顔で死んだ。

なるほど。ここは天国か。

いや、違《ちが》うでしょ。

一人でツッコんでいると左手に温《ぬく》もりを感じ、視線を移すとベッドに上半身を預けながら眠るルディの姿があった。

どうしてルディがここに？　いや。むしろここがどこなのかが疑問だ。

戸惑《とまど》っているとルディが静かに目を開けて体を起こした。

「おはようございます、レア。気分は如何《いかが》ですか？」

「あ……うん。えっと……ここ、どこ？」

状況《じょうきょう》が把握《はあく》できていない私は、体を起こしながら首を傾《かし》げて尋《たず》ねた。

「ランドール伯爵邸《はくしゃくてい》です。クラヴリー公爵邸はもう住めませんから」

新聞に書かれていた内容を思い出した。義父と母が捕《つか》まったから公爵家は没落《ぼつらく》したということなのか。

「レア。レアさえよければ俺はこの伯爵邸でレアと一緒に暮らしたいと思っています。この部屋をレアの自室として使って頂いて構いませんから」

ルディが握っていた私の左手を両手で握り持ち上げると、真剣《しんけん》な眼差《まなざ》しで私を見つめた。

「俺の気持ちはすでにレアに伝えた通りです。レアがたとえ俺を義弟《おとうと》としてしか見ていなくても、俺はレアに傍《そば》にいて欲しいと思っています」

そうだった。ルディは私に気持ちを伝えてくれたのに、私はルディを事件に巻き込みたくなくて気持ちを伝えていなかった。

「……本音は義弟としてではなく、一人の男として俺を好きになって欲しいですが」

珍《めずら》しく自信がなさそうに呟《つぶや》くルディが可愛《かわい》くて、私はクスリと笑いながら両手で握られたルディの手に右手を重ねた。

「私もルディと同じ気持ちだよ」

「同じ気持ちとは？」

え？　言わなくてもそこは伝わるのでは？

「俺と同じ気持ちとはどういう気持ちですか？」

前のめりに迫《せま》ってくるルディに確信した。はっきり言わせたいってことですか……。

期待に目を輝《かがや》かせているように見えるルディから手を離《はな》すと、ルディの方に体が向くようにベッドの上で正座して姿勢を正した。それを見たルディも姿勢を正すため椅子《いす》に座り直した。

「ルディ」

「はい」

好きです。……というだけなのだが、妙《みょう》な緊張感《きんちょうかん》を覚える。想《おも》いを伝えるってこんなに緊張するものなの!? それなのに事情があったとはいえ勇気を出して気持ちを伝えてくれたルディを振るとか……私、鬼《おに》ですか!?

若干《じゃっかん》ワクワクしているように見えるルディを待たせるわけにもいかず、勇気を振り絞《しぼ》るため深呼吸をして一気に吐き出した。

「私もルディが好きだから!!」

大きな声を出すって気持ちがいいな。恥《は》ずかしさを誤魔化《ごまか》すように全く関係の無いことを考えていると、ルディが胸元《むなもと》から一枚の紙を取り出して私に差し出した。

「これに署名をお願いします」

差し出された用紙に目を落とした。

『結婚申請書《けっこんしんせいしょ》』……結婚……結婚!? しかもルディの名前はすでに記入済み。

結婚ってあれだよね？ 夫婦《ふうふ》になるってことだよね？ ちょっと待て。私達、今、気持ちを伝えあったばかりだよね？

「ルディ……結婚は……早くないかな？」

私は殺される未来を回避《かいひ》しようとしただけなのに、姉弟《きょうだい》からいきなり夫婦とかおかしくない？　これ小説だったら読者もついていけないくらいの急展開だぞ。

「せめてもう少し恋愛《れんあい》的なものを楽しんでからでも……」

「そう……ですか？」

『そうですね』とは言いたくないのね。

「ルディ……」

私はそっとルディの手を両手で持ち上げた。

「私はもっと結婚する前の恋愛を楽しみたいの」

「結婚しても恋愛はできますよ」

いや、まあ、そうだけど……。

「こう……手を触れるだけで胸がドキドキするとか……」

ルディの視線が私の両手に向けられた。

いや、まあ、触れるどころか握っているけど……。

「とにかく！　もっと恋人《こいびと》同士の甘い時間をルディと過ごしたいの!!」

言い終わると無言で無表情を貫《つらぬ》くルディと見合った。

「……分かりました」

分かってくれた⁉

顔を綻《ほころ》ばせると、ルディがギシリとベッドに足をかけ迫りながら私の顎《あご》に手をかけた。

「では今日一日だけ俺と恋人期間を過ごしましょう」

恋人期間は一日だけですか⁉

仕事をサボってまで、私と甘い時間を過ごそうとしていたルディを、無理やり仕事に追いやり一息吐《は》いた。

ルディと両想いになったことで、ルディから殺されるルートはこれで回避できたのではないだろうか。あとは事件の結末がどうなったのかが気になる。

まだ朝早いけど新聞あるかな？

事件の結末が気になり近くにいた使用人に声をかけた。

「あの……新聞を読みたいのですが……」

すると私に声をかけられた使用人が慌《あわ》てたように姿勢を正した。

「ただいまお持ちします！」

そしてそのまま物凄《ものすご》いスピードで足早に去って行った。

しばらく待っていると、執事《しつじ》が新聞を持ってこちらも足早にやって来た。

「お待たせ致《いた》しました。本日の新聞にございます。他《ほか》に読みたい新聞がありましたらすぐにご用意致しますので仰《おっしゃ》ってください」

なんでこんなに平身低頭なの⁉

「あ……ありがとうございます。……そんなに気を遣《つか》われなくても大丈夫ですよ。私、居《い》候《そうろう》の身ですし……」

「居候などとんでもございません。お嬢様《じょうさま》は将来の伯爵夫人。我々《われわれ》にとっては伯爵様同様、主《あるじ》でございますから」

なんでもう伯爵夫人《ルディの妻》扱《あつか》い⁉　まだ『結婚申請書』なる物にサインすらしていないのに！

「あの……結婚はしていないので伯爵夫人になれるかどうかは……」

途端《とたん》に執事が焦《あせ》りの表情を浮《う》かべた。

「そんなことを仰らないでください！　お嬢様以外ランドール伯爵様の奥方になれるお方はおりませんから！」

なんでこんなに必死なの⁉

「伯爵様に仕えて数週間。今朝、初めてまともに会話することができたのです！　それもこれも全《すべ》てお嬢様のお陰《かげ》です！」

いや、ちょっと待て。

今朝の会話って『レアが不自由ないように対応してくれ』『お任せください！』だけじゃなかった⁉

「その……ルディとは今までどうやって会話を？」

「『ああ』『任せる』『下がれ』の三語で済んでおりましたので」

どんな関係よ！　どうりで今朝の執事の返事に気合入ってたわけだわ！

ルディ……せめて執事さんとはコミュニケーション取ろうよ。


庭でお茶をしながら新聞を開いた。そこら中から使用人達のチラチラとこちらを窺《うかが》う視線が……。この視線、興味の視線ではなく、私が何かして欲しいと思ったらすぐに駆《か》け付けられるように、仕事をしながらスタンバイしているのだ。さっきも新聞をゆっくり読める場所がないか尋《たず》ねようとしたら、五人くらい使用人が走ってきた。

逆だるまさんが転んだか！

視線が痛いから自室に戻《もど》ろうかとも思ったが、戻ったら戻ったで使用人達が何か不備があったのではと気にするかもしれないと思うと部屋にも戻れない。

一体使用人にどういう対応をしたらこうなるんだ？

やむを得ず視線を無視して新聞に集中した。

新聞には『クラヴリー公爵《こうしやく》夫妻が投獄《とうごく》』の文字が大々的に載《の》っていた。

そこには私達が突《つ》き止めた真実と、母が前公爵夫人を手紙で呼び寄せ父の暴走した馬車と衝突《しょうとつ》させたという、私が知らなかった真相も書かれていた。母が聴取《ちょうしゅ》で、公爵の子どもができたと嘘《うそ》の手紙を送ったと自供しているそうだ。最後は、王宮に私の免罪《めんざい》を嘆願《たんがん》してくれた国民に感謝するフィルマンの言葉で締《し》めくくられていた。

これでクラヴリー公爵家とエドワール侯爵《こうしゃく》家の二大貴族が立て続けに没落《ぼつらく》したことになる。この先この国の勢力図は大きく変わっていくのだろう。

私の小説ではエドワール侯爵の事件を解決した後は、ルディがヒロインを自分のものにするために本格的に動き出す展開になる。そういえば原作のルディは居場所欲しさに私達を惨殺《ざんさつ》したけれど、もしかしたら自分の母の殺害を知ったから粛清《しゅくせい》したとか？　今となっては真相は分からないけど……。

だってそのルディは今……私と両想いだし。

にやけそうになる顔を引き締めた。だってみんなが見てるから。

テネーブルが無事公爵家を脱出《だっしゅつ》して逃《に》げられたのかも気になるし、新聞のお礼にフィルマンにでも会いに行ってこようかな。

立ち上がると私の様子を窺っていた使用人達が傍《そば》に寄ってきた。

立ち上がっただけなんですけど……。まあいいわ。

近くにいた使用人に新聞社に行きたいことを告げると、顔を輝《かがや》かせて猛《もう》スピードで動き出したのだった。

新聞社に入ると相変わらず忙《いそが》しそうにそこら中で紙が舞《ま》っている。今はクラヴリー公爵夫妻の事件で特に忙しい時だろう。後日改めて訪問しようか考えていると、前回はスルーしていたあの若手記者が声をかけてくれた。

「クラヴリー公爵令嬢？　……あっ！　失礼しました」

クラヴリーの姓《せい》に遠慮《えんりょ》したのだろう。

「レリアでいいわよ」

「レリア様、もしかしてフィルマン社長に会いに来られたのですか？」

フィルマン……社長⁉

「フィルマンが社長になったの⁉」

「ええ……ランドール伯爵《はくしゃく》から聞いていませんか？」

え？　ルディが何か仕組んだの⁇

「ジェロームさんがクラヴリー公爵から賄賂《わいろ》を貰《もら》って記事を操作していたこともあって、王宮から二度とこのようなことが無いよう、ランドール伯爵に管理を依頼《いらい》されたそうです。フィルマン社長は記事の監視《かんし》役として、伯爵から社長に任命されたのですが、そのお陰で我が社は国営新聞として扱われるようになり、今一番人気のある新聞社になったんです！」

なんだかんだ言ってもきちんと仕事をしているルディを誇《ほこ》らしく思うと同時に鼻が高い。

帰ってきたら褒《ほ》めてあげよう。

「それより聞きましたか！　今入手した情報なんですがランドール伯爵が……」

「お客様といつまで立ち話をするつもりだ？」

奥から現れたパリッとしたスーツを身に着けたダンディなおじさまに首を傾《かし》げた。

誰《だれ》？

「社長。すみません。気が利《き》きませんでした」

社長って……フィルマン!?

「お前は仕事に戻れ」

フィルマンに手で払《はら》われると、ペコペコと若手記者は頭を下げながら立ち去って行った。

「昨日ぶりか、お嬢様」

「あなたフィルマン？　随分雰囲気《ずいぶんふんいき》が変わったわね……」

ボサボサだった髪《かみ》は短く綺麗《きれい》に整えられており、伸《の》びっぱなしだった髭《ひげ》も剃《そ》られて、その日暮らし感は全くなく清潔感漂《ただよ》う姿に変わっていた。

「そりゃあ、あの格好で仕事はできないよ」

話しながら応接室に移動すると、フィルマンはお茶を差し出してくれた。

「それにしても急な出世ね」

「お嬢様の旦那《だんな》さんのお陰でな」

ここでもか。そんなに私達って他の人から見ると熱愛夫婦《ふうふ》のように見えるのかな？　当事者だと全然分からないんだけど。相手が無表情過ぎて。

「明日《あした》の一面を飾《かざ》りたかったでしょうが、残念ながらまだ結婚《けっこん》はしていません」

「時間の問題だろ」

ぐうの音も出ない。

「それよりテネーブルはどうなったか知らない？　捕《つか》まったりしていないよね？」

「脱出した後、あいつはすぐに姿をくらましたから俺も知らないんだ。でもあの感じだと多分伯爵様には褒美《ほうび》を貰いに接触《せっしょく》するんじゃないか」

「褒美って？」

「俺達に協力してくれていたのは伯爵様の指示だったらしい。まあお陰でクラヴリー公爵が元公爵夫人の遺体の証拠《しょうこ》を隠滅《いんめつ》する前に、クラヴリー公爵を捕《と》らえられたんだけどな」

ルディは凄《すご》いな。私はルディに助けられてばかりだ。私もルディのために何かしてあげたい。って言うと『結婚申請書《しんせいしょ》に署名してください』って言われそう……。

それからフィルマンと世間話をして、新聞社を出て屋敷《やしき》に戻った。

伯爵邸《てい》に戻りルディに何かしてあげられないだろうかと考えていると、部屋の扉《とびら》が叩《たた》かれた。

「お嬢様。もうすぐ伯爵様がお戻りになりますが、お出迎《でむか》えはいかがいたしましょうか？」

「一緒《いっしょ》に行きます」

伯爵家の執事《しつじ》と玄関《げんかん》に出ると、ちょうど馬車が到着《とうちゃく》したところだった。

「お帰り、ルディ」

馬車から下りてくるルディを笑顔《えがお》で迎《むか》えると、ルディが無言で立ち止まった。

え？　何か変かな？

「レアに出迎えてもらえるなんて幸せです」

それ、もうちょっと幸せそうな顔して言ってくれないかな？

無表情なんですけど。

しかし執事さんには嬉《うれ》しい変化だったようで、ハンカチで涙《なみだ》を拭《ぬぐ》っていた。

仕事から帰ったルディと夕食を食べていると、ルディから驚《おどろ》きの報告をされた。

「え⁉　ルディ、侯爵になったの⁉」

もしかして若手記者が言いかけていた、入手した情報ってこれのことだったのかも。

「それ、お祝いしないと‼」

「全然めでたくないのでしなくていいです」

「なんで？　だって陞爵《しょうしゃく》したんでしょ？」

「二大貴族が没落して、王家を支える爵位持ちが欲しかっただけでしょう。無駄《むだ》にこき使われるのは目に見えているので全く嬉しくありません」

普通《ふつう》なら嬉しいところもドライだな……。

「でも私は、ルディが仕事を頑張《がんば》っていると、新聞社で聞いて嬉しかったよ。褒めてあげたいとも思ったし」

「……それは褒めてもらわないといけませんね。では二人でお祝いしませんか？」

ルディの提案に笑顔で頷《うなず》いたのだった。

お祝いは二人でゆっくり話をしたいというルディの希望に合わせて、ルディの部屋に移動した。

「ここでの生活はどうですか？」

お茶のカップをソーサーに戻《もど》しながら隣《となり》に座るルディが私に尋《たず》ねてきた。

「みんな凄く優《やさ》しいし、良くしてくれているから楽しく過ごせているよ」

将来の侯爵夫人《ルディの妻》扱《あつか》いが凄くて、過剰《かじょう》なくらい優しいことは伏《ふ》せておこう。嫌《いや》がられるよりは断然いいから。

「そういえばあの時はジュースとケーキでお祝いしましたね」

ルディが思い出すようにお茶に視線を落としながら呟《つぶや》いた。

あの時というとルディが王宮騎士《きし》になった時のことかな？　そういえば下手くそな刺繍《ししゅう》のハンカチもプレゼントしたんだった。ハンカチのことは忘れたままでいてもらおう……。

「でも一番嬉しかったのは、レアが初めて刺繍してくれたハンカチをお祝いにくれたことですね」

「お……覚えていたの？」

「忘れるわけありませんよ。レアから貰った物は全《すべ》て保管してありますから」

まさかあの誕生日にあげたガラクタのビックリ箱とかも？

ルディの誕生日は毎年悩《なや》んだ。だって喜んでいるのか怒《おこ》っているのか悲しんでいるのか笑っているのか全く分からないから！

そういえば今年の誕生日は……ん？

「ル……ルディ……」

「はい？」

「あなた、今、いくつになった？」

「先月十七歳になりましたが？」

なんてこった!!　立て続けのゴタゴタでルディの誕生日を忘れるなんて!!

「私、今年ルディの誕生日になにもしてあげてない!!」

血相を変えてルディの胸元《むなもと》を掴《つか》む私の手を、ルディがそっと優しく包み込んだ。

「レア、心配はいりませんよ。俺のためにまたハンカチに刺繍してくれるだけで十分ですから」

ハンカチ……どんだけ好きなのよ……。

夜も更《ふ》け、話し込んで疲《つか》れた様子のレアを部屋まで送り、書斎《しょさい》に向かった。

書斎に入ると窓の外から『ぬおぉぉぉ!!』という叫《さけ》び声が聞こえてきた。

「侵入者《しんにゅうしゃ》ですか!?」

屋敷の騎士が慌《あわ》てて書斎に駆《か》け付けた。

「捕らえたから心配はいらない。下がれ」

俺が指示を出すと騎士は頭を下げて退室した。

書斎の窓を開けると、窓の外で逆さ吊《づ》りになっている暗殺者がいた。

「おい！　なんだよこれ！」

「侵入者用の罠《わな》だ」

「罠ってなんで!?」

「こんな罠も見抜《みぬ》けないとは、本当に使えない暗殺者だ」

「これすげぇ金かかってんぞ！　初めてだよこんな精巧《せいこう》な罠！」

当たり前だ。こいつに罰《ばつ》を与《あた》えるため、俺自ら指示して作らせたのだ。役に立たない暗殺者如《ごと》きに見破られてたまるか。

「お前には色々と罰を与えなければいけないようだから、報酬《ほうしゅう》は罰を与えた後だ」

「罰って何だよ？　公爵に見つかったことか？」

逆さ吊りのまま冷静に返してきた。

「それもあるが、まずレアと恋人《こいびと》同士のような関係と誤解されたことだ」

「えぇ？　そんな怖《こえ》えこと言った奴《やつ》がいんの？」

「あと、さっきの叫び声でレアを起こしたかもしれないからだ」

「そりゃこんな罠にかかれば叫ぶだろ。ってか嬢《じょう》ちゃん絡《がら》みばっかじゃねえかよ……」

「当たり前だ。それ以外は取るに足らないどうでもいいことばかりだからな」

「はいはい。そうですか……」

そのまま一日放置することを決め、書斎の窓を閉めようとすると暗殺者が提案してきた。

「もし、あの墓場で公爵になぜ見つかったのかを徹底《てってい》的に調べて解明できたら、俺をランドール侯爵《こうしゃく》家で雇《やと》ってくれねえか？　密偵《みってい》でもなんでもするからよ」

珍《めず》しく真剣《しんけん》な眼差《まなざ》しに閉じかけていた窓から手を離《はな》した。

「俺は絶対に公爵に見つからないように細心の注意を払《はら》って準備したんだ。それがあんなにあっさり見つかるなんてあり得ない。というより俺の自尊心がボロ雑巾《ぞうきん》のようにズタズタだ！」

こいつの自尊心などどうでもいいが、こいつもあの件は何か裏がありそうに感じているのかもしれないな。結局、侯爵家《うち》の騎士では、あの酔《よ》っ払《ぱら》い達が言っていた、大金を貰《もら》って行方《ゆくえ》をくらました男の消息と、大金を渡《わた》して情報を得た女の素性《すじょう》を摑めなかった。

でもこいつならもしかしたら……。

「いいだろう」

「はへ？」

まさか俺がすんなり承諾《しょうだく》するとは思っていなかったのか、暗殺者はすっとんきょうな声を発した。

「俺の満足する結果を得られたら検討してやろう」

「まじか！　そうとなりゃあ名誉挽回《めいよばんかい》だ！　俺の実力を見せてやるぜ！」

「あと、罠はこれだけじゃないからな。今度、侯爵邸《てい》に足を踏《ふ》み入れる時は精々警戒《けいかい》することだ」

とりあえず大至急で、レアの部屋の天井《てんじょう》に罠を仕《し》掛ける必要がありそうだ。

「まじか……次からは正面から堂々と乗り込ませてもらうわ……」

話は終わったと窓を閉めると外から『この罠解除してくれねえの!?』と叫ぶ声が響《ひび》いたが、それくらい自分で何とかしろと放置したのだった。

　今日はルディの仕事が休みらしく、ランドール侯爵邸にある庭園にやってきていた。

　ルディに何をしたいか聞かれたので、いつも休みにルディが何をしているのか知りたいと言ったところ連れて来られたのがここだった。

　たくさんの花が咲《さ》く中で、ルディは見覚えのある花に近付き手入れをし始めた。

「この花、公爵邸でも世話をしていたよね？」

　そう、この花は公爵邸のルディの部屋のベランダで、ルディが育てていた花だ。

「よく覚えていましたね。これは伯爵《はくしゃく》位を授与《じゅよ》された時に公爵邸からこちらに移した物です」

「でも前はもっと違《ちが》う色じゃなかった？」

　確か花びらは赤紫《あかむらさき》だったような……。

　ルディは宝物を扱うように花に触《ふ》れた。

「ええ。この色になるように品種改良を続けていましたから」

　品種改良までできるの!?　この子天才!?

「綺麗《きれい》な色だね」

「ええ。レアの色ですから」

ルディに言われて花をよく見ると、花弁は私の髪《かみ》の色、付いている花粉は私の瞳《ひとみ》の色にそっくりだった。

まさかルディはこの花を私だと思って……ぎゃあああああ!!

「この花はまめに手入れをしてあげないと違う花粉が混ざって色が変わってしまうのです」

そう言いながらルディは素手《すで》で、おしべから出てきた花粉を一つ一つ大切そうに手で摘《つ》まみ取っている。

「手袋《てぶくろ》しないと色が付くわよ……」

手入れグッズの中にあった手袋をルディに差し出した。

「ありがとうございます。でもレアの瞳の色に染まるので素手で手入れをさせてください」

ルディが甘すぎて私の心臓が破裂《はれつ》しそうだ。

「……ルディは私のどこが好きなの？」

照れ隠《かく》しのためスコップで土いじりをしながら聞いてみた。

「多すぎるので書面に書き起こした方がいいですか？」

そんなに好きになれる箇所《かしょ》ってある？

「ごめん。聞き方間違えた。何がきっかけで好きになってくれたの？」

「九歳の時ですね」

「家族になってすぐの時じゃない⁉」

だってあの時は私を鬱陶《うっとう》しがってかなり嫌《きら》っていたはず……。

「番犬を追い払った時のことを覚えていますか？」

忘れもしない。唐辛子《とうがらし》爆弾《ばくだん》を浴びて酷《ひど》い目にあったからね。

「あの時のレアが格好良くて」

え？　そうかな……。照れながら思い出したのは涙《なみだ》と鼻水まみれだった顔。え？　あれがカッコいい⁇

「レアは俺の世界を変えてくれた唯一《ゆいいつ》の人です。小さな体なのに大きな愛で俺を包んでくれて……それがとても居心地《いごこち》が良かった」

ルディは私の愛に気付いてくれていた。……私はルディの愛に全く気付かなかったけど。

「だからレアは俺の全《すべ》てなのです」

そう言うと私色の花を一輪摘み取り私の耳にかけた。

「……ルディって意外とたらしだよね」

「……レアが読んでいる恋愛《れんあい》小説を参考にしてみたのですが？　お気に召《め》しませんでしたか？」

ぎゃあああああ……‼

これは恋人に知られて恥《は》ずかしいやつだ‼

バレないように王立図書館で読んでいたのになんでルディが知ってるのよ⁉

ルディとの楽しいような恥ずかしいような休日が終わった翌日。私は気付いてしまった。

やることがない……ということに。

今までは『来る《きた》終末の日の準備』に毎日を忙《いそが》しく過ごしていたが、いざその日が来ないとなると何をして良いのか分からない。目標を失った私は、生きがいを無くしかけている状態なのだ。まさか死の回避《かいひ》が生きがいになっていたとは皮肉な話だ。

その日の夕方、仕事から帰ってきたルディに詰《つ》め寄った。

「私も仕事がしたい！　このままじゃ罪悪感が半端《はんぱ》ない！」

日がな一日ダラダラ過ごす……。みんな働いているのに居候《いそうろう》の私には辛《つら》すぎる！

ルディに摑《つか》みかかると、ルディは私を落ち着かせるように私の手を優《やさ》しく握《にぎ》った。

「レア。落ち着いてください。仕事ならいくらでもありますよ」

「本当？」

「はい。誕生日の贈《おく》り物も兼《か》ねて俺のために新しいハンカチに刺繡《ししゅう》してください」

……やっぱりハンカチ王子の座でも狙《ねら》っているのだろうか？

「前に二枚もあげたよね？」

「ハンカチは何枚あっても困りません」

一生ハンカチに刺繍してろと？

「ルディ。私の手を穴だらけにしたいの？」

色んな意味で拷問《ごうもん》だ。

「そういうのじゃなくて！　なんかこう、もっとこのお屋敷《やしき》の役に立ちたいの！」

ルディは少し考えて口を開いた。

「では夜会の準備を手伝ってもらえますか？」

話を聞くと、王太子殿下《でんか》から侯爵《こうしゃく》になったお披露目《ひろめ》をするべきだとうるさく言われたらしく、今度、侯爵邸《うち》で夜会を開くことにしたそうだ。

「俺は仕事があるので執事《しつじ》に任せようと思っていたのですが、レアが主体となり準備されますか？」

「やりたい！」

元気よく挙手するとルディに頭を撫《な》でられた。

え？　子ども扱《あつか》い？　私、あなたより年上ですけど？

「そういうことだからレアを手伝ってやってくれるか？」

「喜んでお手伝いさせて頂きます」

執事は丁寧《ていねい》な所作でお辞儀《じぎ》をした。

ルディのお祝いの席。気合入れて準備しないと!!

とはいえ……。

「お嬢様《じょうさま》、配置はこのような感じで如何《いかが》でしょうか？」

「すごく良いと思います」

「お嬢様、お客様にお出しする料理の試食をお願いします」

「すごく美味《おい》しいです」

「お嬢様、お客様にお出しする食器ですがこちらは如何でしょう」

「すごく素敵《すてき》だと思います」

この調子で全て、できる使用人達が私に確認《かくにん》しにくるだけという体《てい》たらく。

自分の美的センスの無さが恨《うら》めしい!!


夕食後、ルディの部屋でお茶をすることになった私は、ソファーに腰《こし》を掛《か》けていた。

「一から十まで自分が指示したがる主《あるじ》よりよほどいいと思いますよ」

私の隣《となり》に座り招待客リストを眺《なが》めるルディに、今日の成果を報告すると慰《なぐさ》められた。

「使用人達も下手に口出しされるより楽だと思いますし、レアが本当にいいと思ったのでしたら、使用人達も協力した甲斐《かい》があるというものです」

「でもさ、もう少しみんなの力になりたいというか……ルディの為《ため》に何かしてあげたいというか……」

最後の方はぼそぼそと呟《つぶや》いたのにルディにはしっかり聞こえていたようで……。

「レアがそんな風に思ってくれていたなんて嬉《うれ》しいです」

リストをテーブルに置き抱《だ》きしめられた。突然《とつぜん》の抱擁《ほうよう》に私の思考は停止。緊張《きんちょう》で体が震《ふる》えた。そんな私の気持ちなどお構いなしにルディは私のこめかみにキスを落とした。

ぎゃああああああ!!　私の心の声である。

「ルルルルルディ……」

「はい」

「まままままだ結婚《けっこん》していないし……」

「でも俺達、恋人《こいびと》同士ですよね？」

た……確かにそうだ。で……でも！　恋人同士でも健全なお付き合いって大事だよね！

「ルディ！　結婚前の男女は慎《つつし》みを持って接しないとダメよ！」

「そう……ですか？」

出たよ。ルディの『そうですね』とは言いたくない病。

しかし、前回はなかなか頷《うなず》かなかったルディが、今回は少し考え込んで小さく頷いた。

「では結婚後の楽しみに取って置きます」

私から体を離《はな》し目元を和《やわ》らげるルディに胸が高鳴った。そんなルディを直視できずに視線を逸《そ》らした。

なんだか私、この屋敷に来てからルディに振《ふ》り回されっぱなしな気がするんだけど……。

ルディはクラヴリー公爵家にいた時から大人びたところはあった。

だが、今は大人びた……というよりは大人になったという感じだ。

それに比べて私はどうだ？　すぐに取り乱すし、落ち着きないし、ルディのスキンシップに応《こた》えられないし……。

これは大人の女性として負けていられない！　ここは年上のお姉さんとしての魅力《みりょく》を見せなければ!!


本日も夜会の準備を行いながら日中を過ごし、ルディが帰ってきたとの報告を受け出迎《でむか》えた。

「おかえりなさい、ルディ」

今日はお淑《しと》やかに挨拶《あいさつ》をすると、馬車から下りたルディが立ち止まった。

「今度は何ごっこですか？」

遊びだと思われている！

「ルディ。私はお姉さんなのよ。淑女《しゅくじょ》として当然の振る舞《ま》いよ」

「……なるほど」

ふっふっふっ。公爵家で淑女を学んだ私の実力を見よ！

「姉弟《きょうだい》の禁断の恋という設定も楽しいかもしれませんね」

ん？

ルディは私に詰め寄ると顎《あご》を持ち上げた。

「愛していますよ、姉上」

ゆっくりとルディの顔が近付いてきて……。

こ……これはキスされる⁉

真っ赤な顔でギュッと目を瞑《つぶ》るとおでこに柔《やわ》らかい感触《かんしょく》が。

「そんな可愛《かわい》い初心《うぶ》な顔では手を出しづらいですよ、姉上」

余裕《よゆう》ぶる義弟《おとうと》がマジむかつくんですけど‼


翌日、ルディの執務《しつむ》机で招待客の招待状の作成を執事と行っていた。

「いつも余裕ぶって、全然感情を表に出さないから、感情を出させるために私なんかずっと頑張《がんば》る羽目になっているんですよ！」

昨日の愚痴《ぐち》を爆発《ばくはつ》させていると執事が微笑《ほほえ》ましそうに笑った。

「そう思っていらっしゃるのはお嬢様だけだと思いますよ」

意味が分からず首を傾《かし》げた。

「確かに侯爵様はあまり感情を表に出されない方ですが、お嬢様といるときはとても楽しそうになさっておりますよ」

顎が外れそうなくらい口が開いた。

「侯爵様にお仕えした当初は、屋敷のことには無関心で全《すべ》て我々《われわれ》に任せっきりでした」

確かに公爵家にいた時も屋敷のことには無関心だった気はする。

「しかしお嬢様が屋敷にいらっしゃってからは、お嬢様が過ごしやすいように屋敷のことにも目を向けるようになり、口数も増えました」

私が来る前は三語で済んでいたって話だからね。

「お嬢様とお話しなさる時の楽しそうな侯爵様を拝見できて、我々も嬉しく思っております。屋敷も活気づきお嬢様には感謝しているくらいです」

「でも私、あまりこのお屋敷の役に立ててないし……」

そう、それだけが本当に申し訳ないところだ。

「そういうお嬢様だからこそ、我々は侯爵夫人になって頂きたいと思うのです。私も色々なお屋敷に勤めましたが、貴族の方は気難しい方が多く、私も不満を持つ使用人の相談によくのりました」

確かに私の母も気まぐれな人だったから、使用人達も母の気分に合わせるのが大変そうだったのは覚えている。

「お嬢様のような方が主なら、不満よりも勤めたいと押し掛ける使用人が増えそうで、そちらの方が悩《なや》みになりそうです」

「そんなに褒《ほ》めても何も出ませんよ……」

照れ隠《かく》しに招待状を入れた封筒《ふうとう》の折り目を何度も指で擦《こす》った。

「我々はお嬢様が侯爵《こうしゃく》夫人になって頂けるだけで十分ですよ」

招待状の製作を終え部屋に戻《もど》ると、『結婚申請書《しんせいしょ》』を取り出した。

ルディにはああ言ったけど、本当はヒロインのことが少し引っかかっていたのもあった。

マリエットの様子を見ていると、たぶんルディのことが好きなのではないだろうか？　本来なら王太子が助けるはずだった場面で、ルディに助けられたことが歪《ゆが》みになったのだろう。もし彼女が本気でルディに迫《せま》ったら、原作の通りルディの想《おも》いがヒロインに傾《かたむ》いてしまいそうで怖《こわ》い……。自分の書いた設定に不安が過《よぎ》った。

いや、きっと大丈夫《だいじょうぶ》！　だってルディが言ってたじゃない！　自分の意志で決断して動いているって！　ルディは小説の設定をぶち破ってルディの意志で動いている。私はその意志を信じる！

ペンを取り出すと、ルディのサインの下に記入した。『レリア・アメール・クラヴリー』の名前を。

自室の窓辺で育てている一輪のレアの花を見つめた。ルディが育てていた花は持ち主が『レアの花』と呼んでおり、恥《は》ずかしいが逆らうこともできず私も『レアの花』と呼んでいる。そんなレアの花をルディと手入れをしていた時に貰《もら》ったのだ。これからはルディの誕生日に、私が育てたレアの花を一輪添《そ》えてプレゼントを渡《わた》そうと思ったからだ。だが、この『結婚申請書』を渡す時に花粉を付けたままのレアを一輪添えてもいいかもしれない。

そうすれば……レアからレアのプレゼント！

……ギャグだととられるかな？　いや、きっと喜んでくれるはず！

ルディの喜ぶ顔を想像し……無表情しか浮《う》かんでこないのだが……。

せめてこれを渡す時はもう一回笑って欲しいところだ。

その日の夕方。

「おかえり、ルディ！」

意気揚々《いきようよう》とルディを出迎えるとルディが私を凝視《ぎょうし》した。

「姉上ごっこは止《や》めたのですか？」

『結婚申請書』のことで浮かれ過ぎていて忘れてた。というよりごっこって何よごっこって！

「ごっこじゃなくて真剣《しんけん》にお姉さんなの！」

頬《ほお》を膨《ふく》らませて怒《おこ》ると頭を撫《な》でられた。

「姉上だろうがなんだろうが俺にとってレアはレアですから」

「そんな風に言われたら……」

照れくさくて肩《かた》まで伸《の》びた髪《かみ》をいじると、ルディが私の髪を持ち上げた。

「髪、伸びてきましたね」

「うん。ルディが綺麗《きれい》にそろえてくれたお陰《かげ》でボサボサにならずに済んだよ」

「もう少し伸びたら毛先を揃《そろ》えましょう」

「ルディがしてくれるの？」

「レアの大切な髪を他《ほか》の人間に任せたくはありませんから」

ふふふっと笑う後ろでは、使用人達が温かい視線を向けていたのだった。

# 第七章　大切な義弟

　夜会当日。いよいよこの日がやってきた。今日という日を迎えるまで本当に大変だった。招待状の書き過ぎで腱鞘炎《けんしょうえん》になるかと思ったからだ。まあ正直、私よりも大変だったのは私をサポートしてくれた使用人達の方だろうけど。

　支度《したく》を終えたところでルディが迎《むか》えに来てくれた。

「綺麗ですね」

　私の姿を見たルディが目元を和《やわ》らげた。前回は何も言ってくれなかったのに、ルディのコミュニケーション能力が進歩している⁉　しかも表情まで付けてきているのだけど⁉

　これはまさか……恋愛《れんあい》小説の成果ですか⁉

　そんな私の今日のドレスも、もちろんルディプロデュースである。今回は主催者《しゅさいしゃ》ということもあり、あまり派手になりすぎないように淡《あわ》い水色のAラインのドレスに、髪はゆるく垂らすようにした。というより決めたのはほとんどルディだが……。ルディも私に合わせるように青い貴族服を用意した。お揃いにしなくてもよいと思うのだが、そこはルディ的に譲《ゆず》れないらしい。

「褒めても何も出ないからね！」

「レアのその姿がご褒美《ほうび》ですから」

恥ずかしげもなく堂々と！　こっちが恥ずかしくなるわ！

差し出された腕《うで》を取り、招待客の出迎えに向かった。


招待した客のほとんどが政界の中枢《ちゅうすう》を担《にな》う家ばかりで緊張《きんちょう》するも、ルディは全く臆《おく》さず堂々と対応している。こういう時、ルディの無感情を羨《うらや》ましく感じる。

「久しぶりだね、レリア嬢《じょう》」

声をかけられ振《ふ》り返りホッとした。

「殿下《でんか》、先日はありがとうございました」

政界の中枢どころか中心の王太子・シルヴィードに安心するのもどうかと思うが……。

「ルディウスとは仲良くやっているようだね」

貴族と話をするルディに目を向けた。

「これも殿下のお力添《ちからぞ》えのお陰です」

立派なルディの姿に誇《ほこ》らしくなり頬を緩《ゆる》めると、殿下が溜息《ためいき》を吐《つ》いた。

「ルディウスが羨ましいよ」

何が？　と思い殿下に視線を向けるとぬっと目の前に大きな背中が現れた。

「殿下、昨日ぶりですね。まだ未練を断《た》ち切れないのですか？　無駄《むだ》な未練は早く捨てた方がいいですよ」

「レリア嬢……本当にこんな奴《やつ》でいいのか？　今ならまだ取り返しがつくぞ？」

苦笑いを浮かべていると、私達の会話に割って入ってきた人物がいた。

「この度《たび》は侯爵への陞爵《しょうしゃく》、おめでとうございます。参加できなかった父に代わりご挨拶《あいさつ》に伺《うかが》いました」

ルディに対し綺麗に微笑《ほほえ》むマリエットに胸がざわついた。

「ありがとうございます、セルトン伯爵《はくしゃく》令嬢。今日は楽しんで行ってください」

「ありがとうございます」

他人行儀《たにんぎょうぎ》な二人に違和感《いわかん》を覚えた。

確かにルディは侯爵でマリエットは伯爵令嬢だけど、少なくともハンカチを手渡《てわた》されたルディが微笑むくらいの仲ではある。

そうだった。ルディはマリエットのハンカチを見て微笑んでいたのだった……。

思い出してなんだかモヤっとした。

「レア」

声をかけられ顔を上げると、ルディが私の顔を覗《のぞ》きこんでいた。

「今から主催者の挨拶に行ってきますが、大丈夫ですか？」

笑っていたのは見間違《みまちが》いかもしれないし、不安になることなんて何もない。

「大丈夫だよ。頑張《がんば》ってきてね」

笑顔《えがお》で見送るとルディはその場を離《はな》れた。

大丈夫。ルディだって笑いたい時の一つや二つあるものだ。私はルディの愛を信じるだけ。堂々と挨拶をするルディを見て大きく頷《うなず》いたのだった。


ルディの挨拶が終わり、こっそりとある物を取りに二階へと上がった。

自室の棚《たな》から取り出したのは、この日に渡そうと用意していた『結婚申請書《けっこんしんせいしょ》』とレアの花。

ルディ喜んでくれるかな。

ワクワクしながら部屋を出ると、階段の下でルディが私を捜《さが》していた。

「レア、どこに行っていたのですか？」

「ルディ、あのね……」

勇んで階段を駆《か》け下りようとして突然《とつぜん》背中を押されるような衝撃《しょうげき》を感じた。

「レア!?」

持っていた花が私の手を離れ床《ゆか》に落ちたのか、後ろでクシャリと踏《ふ》み潰《つぶ》されたような音が聞こえた。

誰《だれ》かが後ろにいる⁉

　そのまま数段転げ落ちたところで何かに包まれ衝撃が和らいだ。私の体は衝撃が少ないまま鈍《にぶ》い衝撃音とともに動きが止まった。歪《ゆが》む視界で体を起こすと私の下に動かないルディが――。

「ルディ……？」

　ルディを小さく揺《ゆ》するも全く反応がない。

「ルディ⁉　ルディ⁉」

　尋常《じんじょう》ではないルディの様子に恐怖《きょうふ》が押し寄せ揺すって呼んでいると、異変を感じた王太子殿下が駆け付けた。

「頭を打っているなら揺すっては駄目《だめ》だ！」

　殿下に肩を掴《つか》まれ振り向かされた。

「何があったんだ？」

　静かに問いただす殿下に、震《ふる》える唇《くちびる》で呟《つぶや》いた。

「誰かに……突《つ》き落とされて……ルディが……」

　息が上手《うま》く吸えない……。

　真っ白になる頭でルディに視線を落とすとそこは……。

　ルディの頭から流れる血で染まっていたのだった。

状況《じょうきょう》を瞬時《しゅんじ》に把握《はあく》した殿下の対応により侯爵邸《こうしゃくてい》は即時《そくじ》封鎖《ふうさ》された。

私は、出血は止まったが意識が戻《もど》らないルディの傍《そば》に呆然《ぼうぜん》と付き添《そ》っていた。医者の話では頭を打ったこともあり、このまま意識が戻らないと最悪の事態もあり得ると告げられた。

私のバカ!! 浮《う》かれて周りが見えなくなって、後ろに誰かがいることにも気付けないなんて!!

頭に浮かぶのは後悔《こうかい》の言葉ばかり。

時間を巻き戻せたらと何度も強く目を閉じるも、開けた目に映るのは静かに眠《ねむ》るルディの姿だった。

ルディが助かるなら私はどうなってもいい! だからルディを助けてください!!

止まらない涙《なみだ》を流しながら答えてくれない神に祈《いの》っていると、申し訳なさそうに殿下が入室してきた。

「レリア嬢。申し訳ないのだがこれ以上招待客を拘束《こうそく》できない。聴取《ちょうしゅ》は後日改めてに……」

「いえ。今から犯人を見つけに行きます」

ルディをこんな目に遭《あ》わせた犯人を絶対に許さない。

「殿下に一つお願いがあるのですがよろしいでしょうか？」

この報《むく》いは必ず私が受けさせてやる！　強く手を握《にぎ》ると立ち上がったのだった。

ざわついていた会場は私と殿下の登場で静まり返った。

「お集まりの皆様《みなさま》、長時間会場に拘束してしまい申し訳ありませんでした。ルディウス・フォン・ランドール侯爵に代わりお詫《わ》び申し上げます。ただいま当主は不幸な事故により意識が戻らない状態です。この不幸な事故を起こした犯人を見つけるまで、ご協力をお願い致《いた》します」

「招待客が起こした事故だと疑っているのか⁉　なんて無礼な‼」

「あなたが犯人でないのでしたら、協力して頂いても問題はありませんよね。それともあなたが私を階段から突き落とした犯人ですか？」

怒鳴《どな》る貴族に怒《いか》りを抑《おさ》えながら静かに諭《さと》すも、貴族は私に言われたことが屈辱《くつじょく》だったのか声を荒《あら》らげた。

「どうせ犯罪者の娘《むすめ》のお前がでっち上げた話だろう！」

「そこまでにしろ。あまり騒《さわ》ぐようなら捕縛《ほばく》させてもらうぞ」

殿下が貴族を黙《だま》らせた。

民《たみ》が無罪を訴《うった》えてくれても、私が皆からどういう目で見られているのかよく分かった。

でも、それでもルディを傷付けた犯人は私の手で捕《つか》まえてやる！

私は会場に集まっている招待客達に調べものをすることを告げ、会場内を歩き回った。

ある物を探すために。

そして見つけた場所で立ち止まりゆっくりと顔を上げた。

「私を突き落としたのはあなただったのね……マリエット・ドゥ・セルトン伯爵令嬢《れいじょう》」

私に名前を呼ばれたマリエットは目に涙を浮かべながら顔を上げた。

「どうしてそんな酷《ひど》いことを仰《おっしゃ》るのですか、クラヴリー公爵令嬢」

敢《あ》えてクラヴリー姓《せい》を出すことで私を悪者に仕立て上げようとしているのだろうけど、そうはいかないわよ。

「あなたのドレスの足元に付いた青紫色《あおむらさきいろ》の粉。それが証拠《しょうこ》よ」

全員の視線がマリエットのドレスの裾《すそ》に集まった。マリエットの黄色のドレスには不自然な青紫色の擦《こす》れたような粉が付いていた。

「この粉がなんだというのですか？　どこかで付いてしまっただけではないですか？」

私はしゃがむとマリエットのドレスの粉を指で拭《ぬぐ》った。

「分かりますかこの粉が。これは花粉です」

立ち上がり青紫色の粉が付いた指を見せた。

「じゃあ、きっと花に近付いた時に付いたのかもしれません」

「この花粉はルデ……ランドール侯爵が品種改良した、この国でもこの侯爵邸にしかない花粉なんです」

「ならこちらに飾《かざ》ってある花の花粉が付いたのかもしれませんね」

「……この花は今回の夜会ではどこにも飾っていません。なぜならこの花はランドール侯爵の許可がないと切り花にできないからです」

「なら花が咲《さ》いている近くで付いたのよ」

マリエットが苛立《いらだ》ったようにわずかに顔を歪めた。

「残念ながら花壇《かだん》にある花はランドール侯爵がこまめに手入れをしているので、花壇に近付いてもこの花粉が付くことはありません。この花粉が今日付くとしたらランドール侯爵から一株譲《ゆず》り受け、自室で私が育てたものだけですから」

マリエットは言い訳を考えているのか俯《うつむ》くも、考える時間なんか与《あた》えない。

「私は陞爵《しょうしゃく》のお祝いにランドール侯爵に渡《わた》そうと、自室で育てていたこの花を取りに行きました。そして部屋を出た私は階段で背中を突き飛ばされて、花を落としてしまったのです。その時聞こえたのは、背後にいた誰かが花を踏む音でした」

会場が静まり返った。花粉に目を落とすと、私の青紫の瞳《ひとみ》に青紫色の花粉が映った。

「この花粉を持つ花の名前はレアというそうです」

ルディが愛《いと》おしそうにレアの世話をする姿が浮かんだ。

「この花の花弁は紫色、そして花粉は青紫色。ランドール侯爵はこの花の花粉が好きだと言ってくれたんです」

あの頃《ころ》に戻りたい。目を覚まさないルディの姿を思い出し、零《こぼ》れそうになる涙を堪《こら》えた。

「だから私は自室で花粉が付いたままこの花を育てていたのです。ランドール侯爵が好きだと言った花粉付きのレアを今日、渡すために……」

私に同情したのか会場の空気が私よりに変わった。

「でもこれが花粉だとは分からないじゃないですか！　クラヴリー公爵令嬢はルディウス様を慕《した》っている私が邪魔《じゃま》で、ご両親の公爵夫妻やエドワール侯爵を捕《と》らえたように、私を陥《おとしい》れて捕らえようとなさっているのではないですか！」

マリエットは悲劇のヒロインのように叫《さけ》びながらその場に泣き崩《くず》れたが、私にはマリエットの発した言葉に驚《おどろ》きを隠《かく》せなかった。

どうして彼女は私がエドワール侯爵の件に関《かか》わっていることを知っているの⁉

そこでふとある出来事を思い出した。

「あの石……。あの場にいた……？」

私の呟きに顔を覆《おお》っていたマリエットの体がわずかに揺《ゆ》れた。

「小屋に当たった石。あれはあなたの仕業《しわざ》なの？」

「違《ちが》います！　あれは令嬢が危ないと思って教えてあげようと投げたのです！」

弁明しようと顔を上げたマリエットの顔には涙の痕《あと》など一切《いっさい》なかった。

「小屋の中で話をしている人達にも聞こえるほどの大きさの石を私にぶつけようとした

の？」

私の横に落ちた石は小石とは呼べないほどの大きさだった。私に知らせようとするなら
あの石は選ばない。だとしたら狙《ねら》いは小屋の中にいる人に私の存在を知らせるためになる。

「……それしか近くになかったので。そういうクラヴリー公爵令嬢だって、ルディウス様
を裏切っているではないですか！　私、見たんです！　クラヴリー公爵令嬢が夜中に他《ほか》の
男性と仲睦《なかむつ》まじく歩いている姿を!!」

一体何の話なの？　私が他の男性と歩いていた？

私の動揺《どうよう》に、マリエットは他の客たちには見えないように勝ち誇《ほこ》った顔をした。

身に覚えのない出来事に返事が遅《おく》れると、私に同情的だった周囲の眼差《まなざ》しが軽蔑《けいべつ》へと変
わった。

「おいおい。変な誤解を招くような言い方は止《や》めてくれよ。俺を殺す気か？」

焦《あせ》る私の耳に聞こえてきたのは、聞いたことのある軽い調子の声。

「ただでさえその件で侯爵様に殺されそうになったってのに……」

入口から堂々と夜会に似つかわしくない格好で入ってくるテネーブルに驚いた。

え？　なんでここにいるの？　ってか暗殺者が王太子の前に出てきていいの!?

動揺する私を無視して、テネーブルは私の隣《となり》に立った。

「あんたが変な言い方するから、侯爵様に逆さ吊《づ》りの刑《けい》にされたんだぞ。だいたいあんた

が見たって言う日は遺体を見に行った日で侯爵様《こうしやく》も公認《こうにん》している。さすがの俺でも逢瀬《おうせ》に墓場を選びはしねぇよ」

テネーブルの登場で会場の軽蔑の眼差しは消えた……消えたが……変な人を見る目に変わった！　事実だけどそんなに堂々と遺体を見に行ったとか、言わなくてもいいでしょうが！

「それにあんたなんだろ、クラヴリー公爵があの場に行くよう仕向けたのは。おかしいと思ったんだよ、公爵家から墓場まで絶対に見つからない道順を用意したのに、あそこまで正確に居場所を突《つ》き止められるなんて」

私はてっきり、公爵が私を見張って居場所を突き止めたのだとばかり思っていた。

「俺達を見かけたあんたは俺について調べたんだろうよ。もし嬢ちゃんが浮気《うわき》して侯爵様を裏切ってたら付け入ることができるってな。だが調べて分かったのは、俺が前公爵夫人の墓を掘《ほ》り起こしていることだった。俺に協力して墓を掘った奴《やつ》が、大金もらってあんたに話したことを震《ふる》えながら教えてくれたよ。あんたの全面協力で逃《に》げ隠れてたから、見つけられたのもついさっきだけどな」

その協力者を殺したりしていないでしょうね。

「その情報を得たあんたは、何かクラヴリー公爵にとって、不利なことが起きようとしていることを察して公爵に売ったんだ。自分に振《ふ》り向いてくれないランドール侯爵との婚約《こんやく》の協力を条件に」

「何を根拠《こんきょ》にそんなことを言うのですか？」

テネーブルの登場で、マリエットから僅《わず》かだが焦りの色が見えた。図星を指されたからだろう。

「あんたのせいで、侯爵様に散々役に立たないとか罵《ののし》られてさ。俺の面目《めんぼく》丸つぶれなんだよ。だから見つかった理由を徹底《てってい》的に調べ尽《つ》くした。それでまず分かったのは、嬢ちゃんが使った公爵家内の抜《ぬ》け道は見つかっていなかったってことだ。抜け出せないように嬢ちゃんの部屋はあらゆるところが封鎖《ふうさ》されていたけど、嬢ちゃんが使った抜け道は封鎖されていなかったからな」

逃げ出す気がなかったから確認しなかったけど、クローゼットの床下《ゆかした》の抜け道は見つかってなかったんだ。

「あと公爵の部屋の暖炉《だんろ》からこんな紙切れを見つけた」

テネーブルが取り出した手紙の切れ端《はし》には、女性の文字で一部分だけ文字が読めた。『過去に人に知られ』『と婚約出来るよう』『を調べようとして』と三行に亘《わた》って書かれていた。

「おそらく『過去に人に知られたくないことがあったのだろう』と公爵を脅《おど》して、『侯爵と婚約出来るようにしてくれるなら』、嬢ちゃんが『何を調べようとしているのか教えてやる』みたいなことでも書いたんだろ。筆跡《ひっせき》を調べるのには苦労したけど、この夜会の返事の手紙を読んですぐにあんたって分かったよ」

テネーブルが言い終わると、俯いていたマリエットは開き直ったように顔を上げた。

「それがどうしたの？　私はクラヴリー公爵令嬢《れいじょう》に危険を知らせるため石を投げ、手紙は王族の墓を荒《あ》らそうとしている人間がいることを公爵様に教えただけ。それが何の罪になるというの？」

確かにこの二つに関しては証拠《しょうこ》もないし言い逃《のが》れできてしまう。だけど……！

「私を階段から突き落とし、ランドール侯爵を傷付けた罪は償《つぐな》ってもらうわ」

だがマリエットはクスクスと可愛《かわい》く笑った。

「ごめんなさい。悪気はないのよ。だけど私もぶつかってしまっただけでわざとではないですし、ルディウス様が怪我《けが》をされたのもクラヴリー公爵令嬢を庇《かば》ったからではないですか？」

まるで悪びれる様子もないマリエットに愕然《がくぜん》とした。

私の書いたヒロインはこんな子じゃないはず。施設《しせつ》にいた頃から皆《みな》に愛され、それでセルトン伯爵《はくしゃく》も彼女を気に入って養女に引き取ったくらいだ。伯爵令嬢になった後も王太子からもルディウスからも愛されて……。

もしかして……二人がヒロインを愛さなかったことが原因なの⁉

本来ならヒロインに魅了《みりょう》された二人がヒロインを取り合うはずなのに、誰《だれ》からも愛されるマリエットがどれだけ努力してもルディには振り向いてもらえなかった。初めて愛してもらえない屈辱《くつじょく》を知ったマリエットの心が原作とは違う方向に向いたとしたら。

暴挙に走ったのはルディではなく……マリエット⁉

「それにルディウス様が仰《おっしゃ》っていたわ。貴族の世界では立場をわきまえるように……と。以前のあなたは公爵令嬢だったかもしれないけど、今は犯罪者の娘《むすめ》でしかない。伯爵令嬢の私に偉《えら》そうに口答えできる立場ではないのではないかしら？」

さすがの物言いに殿下《でんか》が口を挟《はさ》もうとするのを制した。

「ランドール侯爵の言った通り、貴族の世界では自分の立場をわきまえた行動を心掛《こころが》けなければいけないわ」

私の同意にマリエットは勝ち誇ったように口元をわずかに上げた。そんなマリエットに私は話を続けた。

「でしたらあなたは私に対して、立場をわきまえた行動を心掛けなければいけなくなるわね」

「はあ？　何を言っているの？」

マリエットはあきれながら私を馬鹿《ばか》にするように鼻で笑った。そんなマリエットの前に、私はポケットに仕舞《しま》っていた紙を取り出し目の前に突き出した。

「このレリア・アメール・ランドール侯爵夫人に対してね‼」

その腐《くさ》った性根《しょうね》、原作者の私が叩《たた》き直してやるわ!!

『結婚申請書《しんせいしょ》』？　何よこれ!?」

突き出した紙を見たマリエットの顔には、もう可愛らしさは微塵《みじん》も残されていなかった。

「この紙切れがなんだって言うのよ！　結婚は教会で申請しなければ認められないのよ！」

私に食って掛《か》かるマリエットに、殿下が整然と説明した。

「王位継承《けいしょう》権を持つルディウスの結婚は少し特殊《とくしゅ》でね。子孫繁栄《はんえい》のため王位継承権を持つ者は、本人達の署名と王の許しがあれば結婚として認められるんだ。この二人に関しては先程《さきほど》、陛下の許可が下りた」

ここに来る前に殿下にお願いしたのは、この『結婚申請書』の申請についてだったのだ。

事情を知らないマリエットは、悔しそうに唇を噛みしめた。

「殿下の仰る通り、王位継承権を持つランドール侯爵は陛下の許しがあれば……」

私は息を吸い『結婚申請書』をマリエットのさらに近くに突き出した。

「二十四時間三百六十五日結婚が可能なのよ!!」

見よ！　このコンビニ結婚を!!

「できれば日中に申請はして欲しいところだがな」

「……これで分かったでしょ！　私はもう陛下も認めるれっきとしたランドール侯爵夫人なのよ!!」

殿下の言葉を無視して話を続ける私に、テネーブルが殿下の肩《かた》を労《いたわ》るように叩いた。

「こんなのは無効よ！　だってルディウス様は気を失われているのに署名できるわけがないじゃない!!」

「言葉を慎《つつし》みなさい!!」

取り繕《つくろ》うのを止《や》めたマリエットを一喝《いっかつ》した。

「署名は本物よ。なぜならランドール侯爵からこの用紙を渡《わた》された時にはすでに、本人の署名が入っていたから」

「筆跡からも間違《まちが》いはない。それに今の君の発言は、許可を出した陛下を侮辱《ぶじょく》したことにもなりかねない」

殿下が付け足して弁護してくれると、マリエットはぼう然としながら俯《うつむ》いた。

「殿下。彼女の処罰《しょばつ》は私に任せてはもらえませんか？」

この会場でトップの殿下を差し置いて勝手に処罰はできない。お伺《うかが》いを立てると殿下が小さく頷《うなず》いた。

「もしセルトン伯爵令嬢の罪が明白なら、今回は王位継承権を持つ者も巻き込まれているし、私の判断で侯爵夫人に全権を委《ゆだ》ねよう」

殿下の許可も下りた。

さあマリエット、覚悟《かくご》しなさい！

マリエットに向き直ると、最後の抵抗《ていこう》とばかりにマリエットが顔を上げながら声を荒らげた。

「私は悪いことはなにもしていないわ！　全《すべ》て勝手に階段から落ちた侯爵《こうしゃく》夫人に非があるのではないですか⁉」

怒《いか》りと屈辱に満ちたマリエットの顔は、もはやヒロインとは呼べなくなっていた。

そんなマリエットをルディ直伝の無表情で見下ろすと、マリエットは恐怖《きょうふ》で体を震《ふる》わせた。

「あなたは言い逃れのできない罪を、いくつも重ねていることに気付いていないのね」

静かに話し始めた私の言葉に身に覚えがないマリエットは目を瞬《またた》いた。

「あなたは故意ではないにせよ私にぶつかったと言っていた」

「それが……何よ……」

「あなたがいたあの場所は、侯爵家の私的空間にあたる場所であり、立ち入りを禁じられている。今日の夜会では道に迷ったにしても、わざわざ階段を上る必要がないのは周知の事実。だからあなたが階上にいた時点で不法侵入《しんにゅう》罪になるのよ」

どんなに繕っても、これだけ状況証拠《じょうきょうしょうこ》も動機も揃《そろ》っているのだ。本来なら殺人未遂《みすい》にだってできる状態だ。

思いも寄らなかったのかマリエットの顔が青ざめた。

「さらにあなたは私にぶつかった後、救助もせずにその場を逃《に》げ出している。これは過失致傷罪《ちしょうざい》にあたるわ」

私にぶつかったと皆の前で話した以上、言い逃れはできないわよ。

「そんなあなたは自分に罪はないと反省する素振《そぶ》りもなく、開き直るという暴挙。よって……」

「あなたには光の家への奉仕《ほうし》で償ってもらうわ！」

私の下した罰《ばつ》にマリエットが危機感を抱《いだ》いたのか、自分のドレスのスカートを強く握《にぎ》りしめた。光の家で育った彼女なら知っている。これが何を意味するのか……。

光の家は犯罪者によって両親を殺された子ども達が集まる施設。

実はこの施設の運営は、犯罪者達が朝から晩まで収容所で労働させられて稼《かせ》いだ一部のお金で賄《まかな》われているのだ。表向きは『奉仕』という呼び方ではあるが、実際は収容所に入れられて、一生施設の子ども達のためだけに働き続けなければいけないということになる。

「どうして私が見知らぬ子どものために働かなければいけないの！　私は伯爵令嬢なのよ!!」

追い詰められたマリエットは、私に摑《つか》みかかってきた。

王位継承権を持つ侯爵主催《しゅさい》の夜会で、これだけの騒《さわ》ぎを起こした彼女を養女にしておくほどセルトン伯爵も愚《おろ》かではないだろう。

「あなたは自分の罪と向き合いながら、お世話になった光の家に恩返しをしなさい。そうすれば少しは初心を取り戻《もど》せるでしょう」

抵抗《ていこう》を止《や》めたマリエットは、私のドレスを掴みながらその場にへたり込んだ。

マリエットを引き離《はな》すようにスカートを翻《ひるがえ》すと背を向けた。

「マリエット・ドゥ・セルトンを連れて行け」

断罪の終わりを察した殿下が騎士《きし》に指示を出すと、引きずられるようにマリエットは連れ出された。

犯人を捕《と》らえてもルディが目を覚ますわけではない。

事件が解決しても、気分は全く晴れなかった。

その後、侯爵夫人として他《ほか》の招待客へのお詫《わ》びの対応に追われた。

だが侯爵夫人となった私とお近づきになりたいと判断したのか、文句を言ってくる人がいなかったのは幸いだった。会場に戻った時に私を『犯罪者の娘《むすめ》』と罵《ののし》った貴族も、手の平を返したように、ペコペコと恐縮《きょうしゅく》した様子で私の前を通り過ぎて行った。きっとルディを敵に回したくないのだろう。

そんな矢先、執事《しつじ》が慌《あわ》てた様子でこちらに向かってきて心臓が嫌《いや》な音を立てた。

ルディに何かあったの⁉

「侯爵様がお目覚めになりました‼」

ルディが……目を覚ました。

張りつめていた緊張《きんちょう》が解け、その場に座り込むと涙《なみだ》が溢《あふ》れた。

「ここは任せて行っておいで」

座り込む私に手を差し出した殿下《でんか》の言葉に甘えて、私はルディの待つ部屋へと急いだ。

部屋に入ると横になっているルディと目が合い、私に手を伸《の》ばしてきた。私はその手を掴《つか》み、頬《ほお》を寄せるとルディの手が涙で濡《ぬ》れた。

「怪我《けが》はないですか？」

怪我をしたのはルディだよ。

真っ先に私の心配をしてくれるルディに大きく首を振《ふ》った。

「ルディが死んだらどうしようって怖《こわ》かったんだから！」

泣きじゃくる私の涙をルディが指で拭《ぬぐ》った。

「レアを残して死んだりはしませんよ。レアを守るために日々鍛《きた》えているのですから」

涙を拭った後、私の頬を優《やさ》しく撫《な》でるルディの手に頬を摺《す》り寄せた。

「でも私を助けるためにあんな無茶《むちゃ》はしないで。怖い想《おも》いはもうたくさんだから」

「それは無理ですね」

私の渾身《こんしん》のお願いをルディは無表情のまま秒で断ってきた。ルディなら『気を付けます』とか言いそうなのに。ルディの返答に驚《おどろ》いていると、ルディが僅《わず》かに口元を緩《ゆる》めながら口を開いた。

「だからこれからは、レアが危険なことに首を突《つ》っ込まないようにしてください。それともし危険が及《およ》びそうな時は、必ず俺に報告することも忘れないでください。事後報告は駄《だ》目《め》ですよ」

心当たりが多すぎる……。観念してコクリと頷くとルディは満足そうに目元を和《やわ》らげた。

「それにしても……レアを泣かせるのは嫌ですが、俺の為《ため》に泣いてくれているのは少し興奮しますね」

その言葉に先程《さきほど》まで流れていた涙が一気に乾《かわ》いた。

「ルディ……私、前に言わなかったっけ？」

「レア以外の涙には興奮しませんから」

喜んでいいのか気持ち悪がっていいのか分からない発言だな。

「そういえばルディに謝らなければいけないことがあるの」

それは『結婚申請書《けっこんしんせいしょ》』のことだ。

「実は……ルディに内緒《ないしょ》で結婚しちゃったの」

ルディが目を見開いた。初めて見たルディの驚いた表情に私の方が驚いた。

勝手に結婚しちゃったのがそんなにショックだった？

「誰《だれ》とですか？」

体を起こしたルディに肩《かた》を摑まれた。声音《こわね》がわずかに低い。何か怒《おこ》ってる？

「誰って……」

『ルディ』と言おうとして言葉を飲み込んだ。もしかしてルディ……他の人と結婚したと思って嫉妬《しっと》しているの？

にやぁ。

顔までにやけないように引き締《し》めるため咳払《せきばら》いをした。

こんなチャンスは滅多《めった》にない。ここは少し揶揄《からか》ってみたい！

「そりゃあ私が世界で一番大切だと思っている人と……」

「殿下ですか？　それとも役に立たない暗殺者ですか？」

「違《ちが》う！　違う！」

二人がとばっちりをくらいそうな展開に、大きく手を振って否定した。

「では誰なんですか!?」

「それを聞いてどうするの……？」

普段《ふだん》では見られないあまりの剣幕《けんまく》っぷりに嫌な予感がした。

「もちろん密《ひそ》かに抹殺《まっさつ》します」

怖すぎる!!

ルディの殺気に全身に鳥肌《とりはだ》が立った。

「殺しちゃダメ！　その人が死んだら私も死ぬから!!」

するとルディは殺気を引っ込めて、ブツブツと何かを考え出した。

「何考えているの？」

「どうやったらレアをそいつから引き離して忘れさせられるか、とか考えています」

ルディって結構独占欲《どくせんよく》強め？　いや……結構どころかヒロインを誘拐《ゆうかい》・監禁《かんきん》するくらいだから激強？

「悪ふざけはその辺にしておいたらどうだ？　ランドール侯爵《こうしゃく》夫人」

招待客が全員帰ったのか殿下が呆《あき》れた様子で入口に立っていた。

「てへっ！　ルディの嫉妬する姿が見たくてちょっと意地悪しちゃった」

可愛《かわい》く笑ってみたがルディは目を瞬《またた》いたまま状況《じょうきょう》が摑めないようだ。

「つまりこういうこと」

私はルディに顔を近付けて唇《くちびる》に軽くキスをした。

「私の世界で一番大切な旦那《だんな》様！」

するとルディが真顔で人差し指を立てた。

「よく状況が分からないのでもう一度お願いできますか？」

目を閉じるルディに確信した。

「それ絶対ワザとだよね！　すでに目まで閉じてるし！」

バレたかとでも言いたそうにルディが視線を逸《そ》らすと、入口から咳払いが聞こえてきた。

「そういうことは二人っきりの時にやってくれないか」

「邪魔《じゃま》をしているのは殿下の方ですよ」

「お前の代わりに侯爵夫人を手助けした恩人に言う言葉か？」

「レア、心配いりませんよ。レアが死ななくてもいいように、殿下を盾《たて》にしてでも俺は生き残りますから」

「お前、王宮騎士だよな？　守るべき王族より生存を優先するってどういう騎士だよ」

「殿下は俺より強いので問題ないです」

「剣術大会優勝者が何を言う」

「もう！　ルディその辺にしておきなさい！　殿下には陛下の許可をもらうために無理言って協力してもらったのだから感謝しないと！」

私が殿下を庇《かば》うとルディが口元をわずかに尖《とが》らせた。

え？　拗《す》ねてる？　ちょっと可愛いかも。

「レア、そんなことは気にしなくて大丈夫《だいじょうぶ》です。昼夜問わず働く、それが王族の務めなのなんだか似たようなセリフをどこかで聞いたような言ったような……。

ですから」

「似た者夫婦《ふうふ》だよ。お前達は……」

殿下の呆れたような溜息《ためいき》が大きく部屋に響《ひび》いたのだった。

あれから一週間が経《た》ち……。

スプーンで掬《すく》ったスープをフーフーして冷ました。

「はい、あ～ん」

スプーンをルディの口に近付けると、ルディがスプーンを咥《くわ》えた。

そしてその光景を見ていた人物は、口を開けたまま入口で放心している。

「レアに看病してもらえるなんて、一生怪我したままでもいいです」

「もう二度と怪我しないで！　本当に心配したんだから！」

頬を膨《ふく》らませて怒ると、ルディが私の顎《あご》を持ち上げてキス……。

「おおーい！　俺がいることを忘れんな!!」

には至らず、ルディが入口に立っているテネーブルを睨《にら》んだ。

「どうやら死にたいらしいな」

「やめて。絨毯《じゅうたん》が血で汚《よご》れるから」

「大丈夫ですよ。敷地内《しきち》を汚すようなことはしませんから」

「お前ら頭沸《わ》いてんじゃねえか？」

見兼《みか》ねたテネーブルが会話を遮《さえぎ》ると、ルディが鋭《するど》い視線を投げかけた。

「口の利《き》き方には気を付けろ」

「いつもこの利き方じゃねえかよ」

「レアは侯爵夫人なんだ。敬意を持って接しろ」

「はいはい。奥方には敬意を表させて頂きますよ」

これ以上はテネーブルが気の毒だとスープをルディに手渡《てわた》し、私は立ち上がった。

「もう行ってしまうのですか？」

無表情なのに耳が垂れている子犬のように見上げるルディに誘惑《ゆうわく》されそうになるも、ルディが療養《りようよう》中の今、侯爵夫人としてやるべき仕事はやらなければ。

「休憩時間《きゆうけい》にまた来るから、ルディはちゃんと療養していてよ」

くぅ～ん……という鳴き声に後ろ髪《がみ》を引かれながら寝室《しんしつ》を後にした。


ルディは頭を打ったあと、意識が無くなったということもあり大事を取って一週間の安静を医者から命じられた。本人は王宮には行きたくないが、私と一緒《いつしよ》にはいたいようで、気付くとベッドから抜《ぬ》け出してくるのだ。大人びた子だとばかり思っていたが、過去に両するしね。

親に甘えられなかった反動が今きているのかもしれない。病気の時って人恋《ひとこい》しくなったり

「それにしても夫人は随分《ずいぶん》変わったな」

書斎《しょさい》に着くとテネーブルが呆れ顔で私を見た。

「以前ならあんな恥《は》ずかしいこと、絶対に嫌《いや》がってやらなかっただろ？」

夫婦のコミュニケーションを恥ずかしいことって失礼な。

まあ確かに以前なら、頼《たの》まれても顔を真っ赤にして逃《に》げていたかもしれない。

「ルディが目を覚まさなければ覚悟《かくご》もいるってお医者様に言われた時、もっとルディの望むことをたくさんしてあげれば良かったって後悔《こうかい》ばかりしていたの」

だからルディが助かった今、義弟《おとうと》としてではなく、大切な人として目《め》一杯《いっぱい》愛そうと決めたのだ。

「それならせめて人が見ていないところでやれよな」

「あなたが勝手に見てたんでしょ。むしろこっちが被害者《ひがいしゃ》よ」

「俺は侯爵様にあの時間に来るように言われたの！　むしろわざと見せつけられたんだよ！」

もしかしたら、恋人同士のようだった発言を根に持っているのかもしれない……。

「それより本当にいいの？」

本題に入るとテネーブルは頭を掻《か》いた。

「ああ。今回の件でこういう仕事も面白《おもし》れえかもって思ってな」

「これに署名したらもう後戻《あともど》りはできないわよ？」

私の目の前にはランドール侯爵《ルディ》のサインが入った一枚の雇用契約書《こようけいやくしょ》が置かれている。

「善人か悪人か分からない人間を殺すよりも、悪人を裁く手伝いをした方が気分いいしな」

そのテネーブルの言葉に契約書を差し出し、彼にサインをさせた。

「これであなたはランドール侯爵家お抱《かか》え諜報《ちょうほう》員よ」

夜会で私が追い込まれそうになった時に助けてくれたこともあり、渋々《しぶしぶ》ルディが許可を出したのだ。殿下《でんか》もルディから前もってテネーブルが部下になることを聞いていたらしい。

どうりでテネーブルが夜会に登場しても殿下は驚《おどろ》かなかったわけだ。

「ルディにだけは迷惑《めいわく》かけないでよ」

テネーブルのサインが入った契約書を受け取ると、彼はあきれたように笑った。

「あんたら夫婦はホント似た者同士だよ。自分よりも相手を優先するところが」

そう言って姿を消したのだった。

テネーブルからサインをもらい、他《ほか》の仕事も片付け終えた私は再びルディの寝室に戻《もど》った。しかし、いるはずのルディがベッドからいなくなっていた。慌《あわ》てて部屋を出ると、執《しっ》事《じ》からルディがホールで待っていることを告げられた。まだ療養中なのにどうしてホールに？　訳が分からないまま、ルディが待つホールへと急いで向かった。

ホールの扉《とびら》を開けると中央に騎士《きし》服姿のルディが立っていた。

やだ、カッコいい!!　って見惚《みと》れてる場合じゃないでしょ！

「ルディ！　休んでなくて大丈夫なの!?」

私が駆《か》け寄るとルディは片膝《かたひざ》をつき、頭《こうべ》を垂れた。

「私、ルディウス・フォン・ランドールは、レリア・アメール・ランドールの幸せを生涯《しょうがい》かけて守り通すことを誓《ちか》います」

ルディは私の手を取るとそっと口付けた。

これって……『騎士の誓い』じゃないの!?

騎士になった者がたった一人にだけ捧げる誓い。結婚《けっこん》式での誓いの根源になったといわれていて、決して破ることができない、生涯をかけて守り通さなければいけない誓い。

そんな重要な誓いを私に!?

「こういう大事な誓いはもっと考えて使った方が――」

「騎士になった時から騎士の誓いはレアだけに捧《ささ》げると決めていましたから」

私を見下ろすか同じくらいの視線のルディしか見たことなかったが、そのルディが今、私を見上げている。いつもとは違《ちが》うルディの熱い視線にトクトクと小さく心臓が鳴った。

「俺が騎士になったのも、レアを俺の手で守りたかったからです」

ルディに握《にぎ》られている手が熱い。

「レアに助けられたあの九歳の時から、俺の全《すべ》てはレアのものですから」

握っていた私の手の甲《こう》に頬《ほお》を擂《す》り寄せ上目遣《うわめづか》いで見上げてくるルディが……可愛《かわい》すぎる!!

無表情なのにどこか甘えているような空気を醸《かも》し出すルディ。この子、どこでこんなカッコいいと可愛いの使い分けを覚えてきたのよ！　こんなおねだりみたいに見つめられて断れる人の顔が見てみたいわ！

鼓動《こどう》が激しく鳴り響いて止まらない私に畳《たた》みかけるように立ち上がったルディは、執事から花束を受け取ると、私の前に歩み寄った。

「俺の気持ちはずっと前から決まっていましたが、正式な申し込みはまだでしたので」

そう言うとルディは、花束の色合いが見えるように私に向けた。

たくさんの黄色いフリージアとカスミソウの花の中央には、一輪だけレアの花が交ざっている。

「レアは綺麗《きれい》です」

ルディはレアの花に視線を落としながら、何かを思い出すように呟《つぶや》いた。

「あの時はレアの目に俺が綺麗に映っていると知り、嬉《うれ》しさと恥ずかしさで視線を逸《そ》らしてしまいました」

私がルディを綺麗だと言ったのは、初めてレアの花を見せてもらった時のたった一度だけ。あの時のルディは私から視線を逸らしたから、綺麗だと言ったことを怒《おこ》っているのだと思っていたけれど……。

「大切にされたものは綺麗になると知り、俺なりにレアを大切にしてきました」

そう言うとルディは綺麗な花束を私に差し出した。

「どんな美しい花もレアの前では霞《かす》んでしまいます」

たくさんの花に囲まれても目立つレアの花は、まるでこの花束の主役のようだ。

「俺にとってこの世界はこの花束そのものです」

ルディから花束を受け取ると花束に視線を落とした。

色とりどりの花は凛《りん》としてどれも綺麗に輝《かがや》いている。

ルディにも私にも絶望でしかなかったこの世界。

最初はルディに殺されないように、ただひたすらに家族として愛し続けていた。でも、ルディの想《おも》いを知って、ルディの優《やさ》しさに甘えたくなってから自覚した自分の気持ち。辛《つら》いことも悲しいことも不安なことも二人で乗り越《こ》えて来たこの世界は、いつの間にかこんなにも綺麗な色で輝く世界に変わっていた。

ポタリとレアの花びらの上に涙《なみだ》の雫《しずく》が落ちた。

「レア、俺と生涯をともに歩んでもらえませんか」

見上げると熱く揺《ゆ》れるルディの真剣《しんけん》な瞳《ひとみ》と目が合った。

そんなのもう、答えは決まっている。

「じゃあ、私も誓うね。生涯をかけてルディと一緒《いっしょ》に幸せになるって！」

笑顔《えがお》で答えるとルディは口元を緩《ゆる》ませながら、胸元《むなもと》からハンカチを取り出し私の涙を拭《ぬぐ》った。その時に見えたのは……どこかで見たことがある不細工な公爵家《こうしゃくけ》の刺繍《ししゅう》⁉

「ルディ！　そのハンカチ⁉」

「ええ。今日は人生で一番大事な日ですので、お守りとして持っていました」

これをお守りって……。相変わらずハンカチに執着《しゅうちゃく》するルディらしい行動が可笑《おか》しくて、先程《さきほど》のプロポーズの嬉しさも込み上げてきて声に出して笑った。

するとルディが私の顎《あご》を持ち上げた。

「レアは笑っている顔が一番素敵《すてき》ですよ」

暗がりで表情がよく見えなかったあの夜と同じセリフ。でも今は……。

はっきりと見えるルディの破顔に私の心臓は爆発《ばくはつ》寸前。

すると突然《とつぜん》ルディが花束を持つ私の手を横に持ち上げると、もう片方の手で私の腰《こし》を引き寄せた。そして近付いてくるルディの顔。

なるほど……人が見てるから！　と私に拒否《きょひ》されないよう、花束で執事の視線を隠《かく》してくれたのね。うん。これは逃げられないわ。

そのまままされたルディの甘く長いキスに翻弄《ほんろう》されたのだった。

# エピローグ　幸せだらけの世界

簡易的な結婚式が、ランドール侯爵邸《こうしゃくてい》の庭で行われた。

本来なら大体的に行われるところなのだが、待ちきれなくなったルディの強い希望で、先に内々で行うことになったのだ。それに伴《ともな》いルディは、療養《りょうよう》と休暇《きゅうか》を組み合わせて長期休暇を取るという神業《かみわざ》をやってのけた。よく許されたなと思うところだが、立て続けにルディが功績を立ててきたことを考えれば……それも有りなのか？

準備期間が短かったこともあり、今日のドレスはセミオーダーの白のスレンダーラインとなっている。ルディはフルオーダーにしたかったようだが、『簡易的な結婚式を止《や》めるか、セミオーダーで我慢《がまん》するかどっち!?』と聞いたら渋々了承《しぶしぶりょうしょう》したのだ。正直、今回我慢させた分、本番の結婚式が恐《おそ》ろしいくらい豪華《ごうか》になりそうで、怖《こわ》いところではある……。

そんな中、到着《とうちゃく》した招待客達への挨拶回《あいさつまわ》りを行っていた。

「この前の夜会は、面白《おもしろ》い記事が書けそうだったのに呼んでもらえなかったから、今日は一面飾《かざ》らせてもらうぞ」

「フィルマン社長！　書くのは僕なんですから！」

ルディが大怪我《おおけが》を負ったというのに不謹慎《ふきんしん》な新聞記者達だ。

マリエットが奉仕《ほうし》に入れられた翌日、フィルマン社長が直々に抗議《こうぎ》しに来たのだ。国営新聞社としては一番に報告してもらわないと困ると。たぶん他《ほか》の貴族なら抗議しないのだろうが、私とフィルマンの仲ということもあったのだろう。

まさかあんな事件が起きるなんて誰《だれ》も予想していなかったし！

だから今回の結婚式は招待したのだ。

「それにしてもあんたが侯爵様に仕えることになるなんてな」

フィルマンが久しぶりに再会したテネーブルの肩《かた》に腕《うで》を置いた。

「あんたと一緒で事件を追うのが面白いって気付いたんだよ」

「侯爵家をクビになったらウチで雇《やと》ってやるぞ」

「俺は高《た》けえぞ」

「そこは友情割りだろ」

みんなで笑い合っていると、王太子殿下《でんか》が到着したと知らせを受け、ルディと門まで出《で》迎《むか》えに向かった。

「遅《おく》れてすまない」

「良いご身分ですね」

「誰かさんがずっと休んでいるお陰《かげ》で毎日忙《いそが》しくしているよ」

「俺一人抜《ぬ》けたくらいで忙しくなるなんて弛《たる》んでますね。これを機に他の奴等《やつら》の気を引き締《し》め直したら如何《いかが》ですか？」

王太子であるシルヴィード相手にここまで言えるルディが凄《すご》い。反論できない殿下も逃《に》げるように私の方を向いた。

「いつも綺麗だが今日は格段に綺麗だね。これからは親族になるのだし、私のことは親しみを込めてシルと呼んでくれていいからね」

「では遠慮《えんりょ》なくシル様と呼ばせて頂きます」

「お前に許可は出してないよ、ルディ」

なんだかこの光景、王太子の生誕祭の夜会でも見た気がする……。

「俺の愛称《あいしょう》はレアだけのものですので、気軽に呼ばないでください、シル様」

もしかしてルディが生誕祭の夜会で殿下と火花を散らしていたのって気のせいじゃなくて、私と愛称で呼び合う仲は自分だけだと牽制《けんせい》するため？　だから殿下には私と愛称呼びをさせないつもりで、私よりも先にわざと殿下の愛称を呼んだとか？

「侯爵夫人。ルディウスと別れたら私はいつでも君を歓迎《かんげい》するよ。その時は是非《ぜひ》、レアと呼ばせてね」

この人、一生結婚《けっこん》しないつもりなのだろうか？

ルディは殿下に見せつけるように私の腰に手を回し抱《だ》き寄せた。

「殿下、世継《よつ》ぎは作ってくださいよ。俺とレアの子をあてにするのだけは止めてください。そして一生レアを愛称で呼ばないでください」

顔を赤らめる私に殿下はやれやれと溜息《ためいき》を吐《つ》いた。

「心配しなくても王太子の務めは果たすよ。お幸せに」

なんだかんだ言いながらも、最後は微笑《ほほえ》みながら会場へと立ち去って行った。

ルディが暴走しないように必死に愛した結果は、結婚ハッピーエンドってところかな。

まあマリエットと殿下には悪いことしちゃったかもしれないけど。でもあのまま二人が結婚していたとしても、挫折《ざせつ》を知らないマリエットはどこかで歪《ゆが》んでしまっていたかもしれないし、結果的には良かったと思いたい。

それにしてもルディとの結婚生活か。きっと楽しい生活が待っているんだろうな。

これからの生活に妄想《もうそう》を膨《ふく》らませていると、ルディがポツリと呟《つぶや》いた。

「今、こうして楽しい時間を過ごせるのも、レアと出会えたからですね」

私の腰を抱き寄せているルディを見上げると、微笑みながら見下ろされた。

「レアに出会えていなかったらきっと、俺はこうやって笑うこともできない人間になっていたと思います」

原作を知っているだけに否定はできない。確かにヒロインには口元を緩めるという設定にはしていたが、今のように心から笑えていたかは疑問だ。

ルディの言葉に幼少の頃《ころ》から気付くと傍《そば》にいてくれたルディの姿を思い出した。

「違《ちが》うよ、ルディ。私がルディの傍にいたから幸せになったんじゃない。二人で一緒にいたから幸せになれたんだよ」

ルディの目がわずかに見開かれた。

ルディは私のお陰だとよく言ってくれるけど、それは私も同じだった。最初は生きることに必死で気付いていなかったけど、ルディはいつも私の傍にいてくれて、私が気付かないように陰《かげ》で支えてくれていた。

私がルディに笑いかけると、ルディは小さく息を吐いた後、口元を緩めながら顔を近付けて互《たが》いの唇《くちびる》を重ね合わせた。永遠の幸せを願いながら……。

「これで我慢は解禁ですね」

ん？

唇がわずかに離《はな》れた直後にルディが妖《あや》しく囁《ささや》いた。

目を開けると、怖いくらい妖しく笑うルディに嫌《いや》な予感がした。

「一生レアを閉じ込めて楽しめそうです」

こ……これは……まさか……。監禁《かんきん》バッドエンドってやつですか⁉

違うよね⁉　ハッピーエンドでいいんだよね⁉

# 書き下ろし短編　かくれんぼ

夕方。仕事が終わり屋敷《やしき》に戻《もど》ると愛妻のレアの出迎《でむか》えがなく、使用人達も俺の出迎えを忘れ慌《あわ》ただしく動き回っていた。レアに何かあったのではと不安になった俺は、近くにいた使用人を捕《つか》まえて事情を聞いた。

「数時間前から奥様のお姿が見えないのです！」

顔を真っ青にした使用人の言葉に俺も青ざめた。まさか誘拐《ゆうかい》された⁉

しかし次に背後からかけられた言葉で冷静になった。

「変な気配はしなかったから敷地《しきち》内にはいると思うけど？」

音もなく現れたのは侯爵《こうしやく》家で飼っている諜報《ちようほう》員・テネーブルだ。使用人達が一生懸命《いつしようけんめい》レアを捜《さが》しているのにこいつは一体何をやっていたんだ？　これは減給だな。

「いや、だって四六時中見張ってるのも夫人に悪いだろう？　……捜してきてやろうか？」

無言で睨《にら》む俺に、諜報員は言い訳のような弁明をしながら頭を掻《か》くも、お前など最初からあてにしていない。

「もういい。俺が捜すからお前達は仕事に戻れ」

使用人達は躊躇《ためら》いながらも俺には逆らえず仕事に戻り、諜報員は長居は無用とばかりに姿を消した。それぞれの反応に深く溜息《ためいき》を吐《つ》くと顔を上げて歩き出した。

レアとかくれんぼか……。九歳の頃《ころ》を思い出した。

「もういいですか？」

「ま～だだよ！」

俺が目を閉じながら声をかけると遠くからレアの声が聞こえてきた。

「そろそろいいですか？」

しばらく待った後、再び声をかけると今度は返事がない。これが捜しても良いという合図らしい。俺は目を開けて辺りを見回した。レアの姿はなく今頃《いまごろ》どこかで息を潜《ひそ》めて隠《かく》れているのだろう。俺はレアが隠れそうな場所を歩き回った。

そしてある場所で立ち止まった。

レアはいつも詰《つ》めが甘いというか何というか……。緑色の生《お》い茂《しげ》った茂みから違和感《いわかん》のある赤い布がはみ出している。

初めの頃はここに隠れていると思わせる罠《わな》だと思い、巧妙《こうみょう》な手を使うものだと感心した。

だが覗《のぞ》き込んでみると、罠でもなんでもなく本人が大真面目《おおまじめ》に隠れていた。『見つけました』と声をかけると即《そく》見つかったのが悔《くや》しかったのか、不貞腐《ふてくさ》れてしばらくうずくまってしまったことがあった。レアは大人っぽいところがあるのに、勝負事となると途端《とたん》に精神年齢《ねんれい》が下がる。それ以来俺は、レアを見つけられないフリをするようになった。

レアが隠れている茂みの前に立つと『カサッ』と小さく茂みが音を鳴らした。これで見つからないと思っているところも可愛《かわい》いな。俺は茂みの音は聞かなかったことにして前を通り過ぎた。茂み周辺を行ったり来たり。そろそろかな？

ガサガサと激しい音と共に「ばあ!!」とレアが姿を現した。

予想通りの展開に特に反応することなくレアを見つめた。

「もう！　全然驚《おどろ》かないんだから！　少しは驚いてよ！」

レアの行動は読めるため驚けという方が難しい。

「……善処します……」

「じゃあ、次は私が鬼《おに》ね！」

先程《さきほど》まで頬《ほお》を膨《ふく》らませていたレアが、今度は意気込みながら木の前に立ち目を閉じた。

俺とは違《ちが》い、感情が豊かなレアを可愛いと思いながら、俺は近くの木の上に隠れた。

「もういいかい？」

レアの掛《か》け声に返答せずにいると、レアが仁王立《におうだ》ちで振《ふ》り返った。

「よーし！　ルディ、覚悟《かくご》しなさいよ！」

気合十分のレアは猪《いのしし》のように走り回りながら俺を捜し始めた。

「あれ？　おかしいな？　どこに行ったんだろ？」

的外れなところばかりを捜し、なかなか俺を見つけられないレアは、やがて地団駄《じだんだ》を踏《ふ》んで怒《おこ》り出した。これもお決まりの展開だ。可愛い怒り方に、ついつい眺《なが》めてしばらく見入ってしまう。しかしこれもあまり見続けていると拗《す》ねて見捨てられるので、わざと茂みを鳴らすように着地した。すると音を聞きつけたレアが走ってきて茂みを掻き分けた。

「ルディ、見つけた!!」

見つけるように仕向けたのだが、嬉《うれ》しそうに笑うレアの姿に負けても悔しさはなく、むしろこの笑顔《えがお》を見られたことが俺にとっては最上級のご褒美《ほうび》だ。しかし勝負事にこだわるレアにはお気に召《め》さなかったのか、「う～ん……」と両手を組み、首を傾《かたむ》けた。

「全然悔しそうじゃないんだけど。もう少し悔しそうにしてもいいんだよ」

「……善処します……」


懐《なつ》かしさを感じながらレアを捜し始めた。レアは茂みに隠れるのが好きなようだ。本人曰《いわ》くあの狭《せま》い空間が秘密基地のようで好きだと言っていた。今日の日中は暖かかったこともあり、もしかしたらと茂みを捜すと、茂みと屋敷を囲う塀《へい》の間にレアが好きそうな秘密基地のような空間があり、そこに小さく丸まって幸せそうな顔で眠《ねむ》るレアの姿があった。

「レア、見つけました」

まるでかくれんぼをしているような心温まる気持ちに、思わず口元が緩《ゆる》んだ。

上着を脱《ぬ》ぎレアにかけてあげると、目を擦《こす》りながらレアが体を起こした。

「あれ？　ルディ？」

「こんなところで寝《ね》ていると風邪《かぜ》を引きますよ」

徐々《じょじょ》に目が覚めてきたのかレアが慌てたように俺の胸元《むなもと》を摑《つか》んだ。

「もうこんな時間!?　私、寝ててルディのお迎えできなかった！」

俺の出迎えを一番に考えてくれたことに、嬉しさが込み上げてきた。

「たまには俺がレアをお迎えするのもいいでしょう」

「ごめんね……」

申し訳なさそうに謝るレアを立たせると、体についた草を優《やさ》しく払《はら》い落としてあげた。

「使用人のみんなにも心配かけちゃったよね。怒っているかな……」

「大丈夫《だいじょうぶ》ですよ。レアは使用人のみんなに好かれていますから」

文句を言う奴《やつ》がいたらクビにするだけだし。

レアと手を繋《つな》ぎながら茂みから出ると、レアが嬉しそうに空いている方の手で羽織っている俺の上着の袖《そで》を鼻に当てた。

「この上着、ルディの匂《にお》いがする」

その顔が嬉しそうで、思わず腰《こし》を引き寄せて耳元で囁《ささや》いた。

「俺の上着が欲しいならいくらでもあげますよ」

「そんなに上着ばっかりいっぱいあっても困るし」

いつものレアの調子で苦笑いを浮《う》かべたあと、俺の腰に抱《だ》きついた。

「上着より本物が傍《そば》にいてくれるからいいの」

照れくさそうに笑いながら見上げてくる姿に、赤くなりそうな顔を手で覆《おお》い隠した。

「レア。あまり煽《あお》らないでください……」

レアは煽っているつもりはないため首を傾《かし》げたが……今の俺にはその仕草も煽りになる。

ずっと抱き合っていたいが、そんなわけにもいかず、冷静になるためレアの手を引いて再び歩き出した。

「それにしてもレアは隠れるのが上手《うま》くなりましたね」

昔は全身が隠れていることがなかったからな。俺の言葉にレアが眉間《みけん》に皺《しわ》を寄せた。

「昔から隠れるのは上手かったと思うけど？　だってルディは一度も私を見つけられたことないし」

どうやらレアは連勝し過ぎて、一度だけ俺に見つかって拗ねた記憶《きおく》を忘れているようだ。

「……そうでしたね」

「ああ！　でも今日、初めて見つかったのか！」

レアは悔しそうな顔で拳《こぶし》を作ると顔を空に向けた。

「今度は絶対に見つからない場所に隠れてやるんだから！」

勝負事にはただならぬ気合が入るレアに口元を緩めた。

「それは見つけられないかもしれませんね」

「ふっふっふっ！　隠れ上手の実力を見せてやるから覚悟しなさいよ！」

一歩前に出たレアが宣戦布告とばかりに片目を閉じながら俺を指差した。

「みんな待ってるだろうし、早く行こう！」

そしてそのまま手の平を俺に向けて笑顔で差し出してきた。俺はそのレアの温かい手を握《にぎ》りながら幸せを感じた。

たとえレアがこの世界のどこに隠れていようとも俺はきっと君を見つけ出す。

だって俺はずっと君だけを見ているのだから。

# あとがき

初めまして。神楽棗《かぐらなつめ》と申します。

この度《たび》は『悪役をやめたら義弟《ぎてい》に溺愛《できあい》されました』をお手にとって頂き、誠《まこと》に有難《ありがと》うございます。

この作品を書くにあたり私が大切にしてきたのは、『読者様に笑いを』ということでした。そのため話の中で、一ヶ所でも読者様を笑顔にできた箇所《かしょ》があれば嬉しい限りです。

書籍《しょせき》制作にあたり、関係者の皆様《みなさま》には多大なるご尽力《じんりょく》を賜《たまわ》り、厚く御礼《おれい》申し上げます。

イラストを担当してくださった大庭《おおにわ》そと先生。理想の登場人物を描《えが》いた、とても素敵《すてき》なイラストを有難うございます。先生に担当して頂けたこと、大変光栄に思っております。

デザイナー様、校正の皆様、営業の皆様、印刷所の皆様、角川ビーンズ文庫編集部の皆様、皆様に多大なるお力添《ちからぞ》えを頂戴《ちょうだい》したことに、心より感謝申し上げます。

最後に、この本を読んでくださった皆様。あとがきまで目を通して頂けたこと、深く御礼申し上げます。

また皆様とお会いできる日を楽しみにしております。

神楽棗

「悪役をやめたら義弟に溺愛されました」の感想をお寄せください。
おたよりのあて先
〒102-8177　東京都千代田区富士見2-13-3
株式会社KADOKAWA　角川ビーンズ文庫編集部気付
「神楽　棗」先生・「大庭そと」先生
また、編集部へのご意見ご希望は、同じ住所で「ビーンズ文庫編集部」
までお寄せください。

# 悪役《あくやく》をやめたら義弟《ぎてい》に溺愛《できあい》されました

**神楽《かぐら》　棗《なつめ》**

角川ビーンズ文庫　23618

令和5年4月1日　初版発行

発行者――――山下直久
発　行――――株式会社KADOKAWA
〒102-8177　東京都千代田区富士見2-13-3
電話 0570-002-301（ナビダイヤル）
印刷所――――株式会社暁印刷
製本所――――本間製本株式会社
装幀者――――micro fish



ISBN978-4-04-113592-1 C0193 定価はカバーに表示してあります。　◇◇◇